Michael Dignal

Unglück und Gewinn

Roman

www.tredition.de

© 2020 Michael Dignal

Verlag & Druck: tredition GmbH, Halenreie 40-44, 22359 Hamburg

ISBN
Paperback: 978-3-347-08606-7

Eins

Das Wochenende fing an wie jedes andere auch: mit Arbeit. Ich hatte einen Aufsatz zu schreiben, der mein Beitrag zu einer literaturwissenschaftlichen Anthologie sein würde, die spätestens in einem halben Jahr veröffentlicht werden sollte, und darüber beinahe vergessen, dass mein Bruder seinen Besuch angekündigt hatte. Er war mit seiner Begleiterin unterwegs von Bonn nach Venedig und wollte bei mir in München einen Zwischenstopp einlegen. Ich war somit einigermaßen überrascht, als die beiden auftauchten, bis mir einfiel, dass sie das ja nicht aus heiterem Himmel taten. Angenehm war mir der Besuch gleichwohl nicht, da er bedeutete, dass ich meine Arbeit unterbrechen musste.

Doch dann geschahen einige Dinge, die meine Gefühlslage fundamental veränderten. Es fing damit an, dass mein Bruder krank wurde und die Weiterfahrt nach Venedig sich dadurch um einen unabsehbaren Zeitraum verzögerte. Und es hörte damit auf, dass ich mich in seine Begleiterin verliebte und sie sich in mich. Korrekt gesagt: Es hat noch lange nicht aufgehört!

Aber der Reihe nach.

Da meine Frau ein Jahr zuvor an Krebs gestorben war – sie hatte die Bezeichnung der Krankheit nie in den Mund genommen, weil sie nicht daran glauben wollte und ebenso nicht glauben konnte, dass ihr Gott es zuließ, dass sie an einem solchen „Teufelswerk" zugrunde gehen musste –, hatte ich jedweden näheren menschlichen Kontakten einen Riegel vorgeschoben. Ich stürzte mich mit umso größerem Eifer auf meine Arbeit, was Psychoanalytiker wohl einen aktiven Verdrängungsprozess nennen würden, was mir allerdings half, die Trauer über den Verlust nicht allzu große und hinderliche Dimensionen annehmen zu lassen.

Meine Studenten spürten das natürlich, da ich noch schroffer auf unüberlegte Wortmeldungen oder schriftliche Schlampigkeiten reagierte als zuvor. Da sie jedoch über die Ursache meines Verhaltens informiert waren, ließen sie mich gewähren, nahmen jeden Tadel widerspruchslos hin und gaben sich ganz offenkundig Mühe, meinen Ansprüchen so weit wie möglich zu genügen. Es mag ein wenig seltsam klingen, aber der Tod meiner Frau führte somit zu einer intensiveren Zusammenarbeit in den Seminaren, die weiterhin ebenso gut besucht waren wie auch meine Vorlesungen. Daher möchte ich mich an dieser Stelle und aus der inzwischen erreichten zeitlichen Distanz vor all den jungen Leuten, die sich angesprochen fühlen, respektvoll verneigen.

Meinen Bruder Olaf hatte ich seit langer Zeit nicht mehr gesehen. Das ist auch nicht weiter verwunderlich, denn zum einen liegen 13 Lebensjahre zwischen uns und zum anderen könnten wir unterschiedlicher gar nicht sein. So fing ich nach dem Abitur gleich mit dem Studium an, während er noch in einer der ersten Klassen der Grundschule saß. Und als ich bereits mit meiner Doktorarbeit – ein etwas ungelenker, aber letztlich erfolgreicher Vergleich der historischen Hintergründe in den Dramen von Schiller und Shakespeare – beschäftigt war, bemühte er sich noch nach Kräften, die Mittlere Reife zu erlangen.

Was den grundsätzlichen Unterschied zwischen uns beiden angeht, so steht es außer Frage, dass ich vor allem den geistig-kulturellen Bereichen des Lebens zugeneigt bin, was er gerne mit dem Attribut „intellektuell" benennt, das er dabei wie ein Schimpfwort auszusprechen pflegt, er hingegen allen materiellen Forderungen der Zeit Folge zu leisten sich bemüht, dabei allerdings keine allzu bemerkenswerten Erfolge erzielt. Ich will ihn gewiss nicht kleiner machen, als er ist, doch er hat während der

Zeit, in der ich einigermaßen geradlinig meine akademische Laufbahn verfolgte, mindestens ein Dutzend verschiedener „Jobs" – so nennt er seine beruflichen Versuche – ausgeübt, wobei er unter anderem als Waschmaschinenvertreter, Verkäufer für Sprudelgetränkegeräte, Werbetexter für Katzen- und Hundefutter und sogar zwei oder drei Mal als Komparse in Softporno-Filmen tätig war. Ich habe den nicht ganz unbegründeten Eindruck, dass er gerade auf das zuletzt Genannte besonders stolz zu sein scheint.

Und da sind natürlich noch seine diversen Liebschaften: Beate, Nicki, Christina, Stefanie, Regina und so weiter und so fort. Ich habe alle Namen von ihm gehört, mir aber nicht merken wollen, denn dieses ständige Berichten über neue Eroberungen kam mir stets, wenn nicht sogar unglaubhaft, so doch zumindest recht angeberisch vor. Bemerkenswert daran ist nicht zuletzt, dass es ihm ein offenbar bedeutsames Anliegen zu sein scheint, mich darüber auf dem Laufenden zu halten – völlig unabhängig von unserer prinzipiellen Kontaktarmut. Wenn wir auch nur halb- oder bestenfalls vierteljährlich miteinander kommunizieren, so ist dennoch stets und sehr verlässlich der erste Punkt, der dabei zu Sprache kommt, die Qualität seiner aktuellen Freundin.

So war es dann auch vor ungefähr drei Monaten. Er rief mich an, sprach von einem bevorstehenden Liebesurlaub in Venedig, dem er entgegenfiebere, da seine Susanne doch so ein „tolles Mädel" sei, und fragte mich schließlich, ob ich etwas dagegen einzuwenden habe, wenn er mit seinem tollen Mädel auf der Fahrt nach Süden kurz bei mir in München Halt machen wolle.

Ich war wieder einmal überrascht von seiner plötzlichen Liebenswürdigkeit, die eine Bruderliebe vortäuschte, die es zwischen uns nie gegeben hatte, und hörte mich sogleich die schicksalhafte Phrase aussprechen, dass er willkommen sei, wenn der

Halt nur nicht zu lange andauern würde. Woraufhin er mir ein paar begeisterte Dankesworte ins Ohr blies und zum Ende des kurzen Gesprächs noch einmal eine komprimierte Lobeshymne auf seine Susanne sang, die er währenddessen zwei Mal mit der entsetzlichen Kurzform „Susa" benamste, was mich unweigerlich an ein klobiges Blechblasinstrument denken ließ.

Susanne. Ein Name, dem ich bis zu jenem Wochenende kein größeres Interesse gewidmet hatte als jedem anderen beliebigen Namen – der mir seitdem jedoch mit einem ebenso unvorhersehbaren wie umfassenden Erlebnis verbunden ist, das man mit einiger Berechtigung auch eine Wiedererweckung nennen könnte.

Ja: Susanne!

Zwei

Brigitte und ich hatten sehr selten Streit miteinander, dafür aber, nicht lange nach unserer Hochzeit, eine sehr schwere Krise.

Das eine lag daran, dass wir geistig doch recht ähnlich disponiert waren und uns auch aufrichtig liebten. Das andere lag daran, dass meine Tätigkeit an der Universität mich zwangsläufig in zahlreiche Kontakte mit Studentinnen brachte, die ausreichend attraktiv und klug waren, um mich in Versuchung und damit meine Ehe zumindest ansatzweise in Gefahr zu bringen.

Einer dieser Kontakte trug den Namen Vera Kanzloff und saß in einem meiner Proseminare an der Rheinischen Friedrich-Wilhelm-Universität in Bonn (Raum 211). Ich war seit zwei Jahren verheiratet.

Sie fiel mir von Beginn an sowohl wegen ihrer ausgefallenen und freizügigen Garderobe, es war ein Sommersemester, als auch wegen ihrer durchdachten und wohlformulierten Wortbeiträge auf. Zudem war sie erkennbar älter als die meisten ihrer Kommilitonen. Es dauerte keine zwei Wochen, dass sie nach dem Ende der nachmittäglichen Seminarsitzung zu mir kam, während ich noch meine Unterlagen zusammenraffte und in meine Tasche stopfte und ihre Kommilitonen den Raum verließen oder schon verlassen hatten. Sie legte ihre linke Hand auf meinen nun leeren Tisch und sprach mich an.

„Ihr Seminar gefällt mir gut. Die Mischung aus sachlicher Information, anspruchsvollen Fragestellungen und nicht ganz so ernsten Kommentaren ist außergewöhnlich."

„Ich bedanke mich für Ihre profunde und souverän vorgetragene Bewertung", entgegnete ich nach einem kurzen Zögern, denn in dieser Form war ich bislang noch nicht angesprochen worden. Ich sah sie an, wobei sich meinen Augen allerdings nur ihre obere Körperhälfte bot: ein ernstes Gesicht mit einer hohen Stirn, einem leicht gekrümmten Nasenrücken, einem halb offenen, schmallippigen Mund und einem enorm aufmerksamen Blick aus grünblauen Augen; darum herum rotblondes, glattes, streng in der Mitte gescheiteltes Haar, das bis knapp unter die Ohrläppchen fiel; darunter ein schlanker, schmuckloser Hals und eine kurzärmelige, hellbraune Bluse mit asiatischen Mustern, die bis zum Brustbein aufgeknöpft war und so einen weißen Büstenhalter sehen ließ, der ebenso offensichtlich nicht sehr viel halten musste, und eine Hautfläche, die noch deutlicher als die Gesichtshaut vermuten ließ, dass die Frau schon deutlich älter als 25 Jahre war.

„Ich weiß, dass viele andere Studenten so denken wie ich. Aber sie trauen sich nicht, Sie anzusprechen, da Sie wirken, als seien Sie nicht leicht zugänglich. Ist das richtig?"

„Da Sie soeben ohne größere Probleme zu mir kommen und mich ansprechen konnten, sollte sich die Antwort auf diese Frage doch von selbst beantwortet haben, nicht wahr?"

Ihr Gesicht zeigte keine Regung, während ihr Blick noch intensiver zu werden schien.

„Warum gehen Sie zum Beispiel nach den Sitzungen mit uns nicht in eine Kneipe, wie es andere Dozenten tun? Haben Sie kein Interesse daran, über andere Dinge zu sprechen als nur über Heine, Hölderlin, Nietzsche oder Benn?"

Ihre provokative Offenheit brachte mich allmählich in Bedrängnis. Denn ich sah mich genötigt, weiterhin aufrichtig antworten und zugleich freundlich bleiben zu müssen.

„Sie werden sicher Verständnis dafür haben, dass nicht jeder Dozent so sein kann wie der andere. Ich versuche, mich darauf zu konzentrieren, Ihnen all das beizubringen, wofür Sie sich in dieses Seminar begeben haben. Auf der anderen Seite bin ich überzeugt, dass Ihre Stundenpläne ebenso gefüllt sind wie der meine, und neige daher zu der Ansicht, dass wir mit unserer Zeit sorgsam umgehen müssen. Es würde mir leid tun, wenn Sie das als einen etwas verknöcherten Standpunkt beurteilten."

„Das werde ich mir überlegen und Sie bald noch einmal ansprechen. Vielen Dank einstweilen und einen schönen Abend noch."

Schon wandte sie sich ab und verschwand. Mir blieb gar nichts anderes übrig, als verblüfft zurückzubleiben – verblüfft von der Selbstsicherheit ihres Auftritts, von der Ökonomie ihrer Mimik sowie von der Effektivität ihrer Worte. Immerhin wusste ich nun definitiv, was ich zuvor nur gemutmaßt hatte: Sie war eine außergewöhnliche Person.

Eine Woche später stand sie nach dem Ende des Seminars wieder vor meinem Tisch – diesmal mit etwas größerem Abstand und daher ohne ein Auflegen der Hand. Sonst war niemand mehr im Raum.

„Ich möchte Sie zu einer Tasse Tee einladen. Sie brauchen sich keine Gedanken darüber zu machen, ob das jetzt mehr bedeutet als das, was ich gesagt habe. Es ist keine Filmszene, und Ihr Stundenplan sollte deshalb auch nicht allzu sehr in Unordnung geraten. Ich möchte nur einen Tee mit Ihnen trinken und ein wenig plaudern. Was halten Sie davon?"

Ich hatte mich selbstverständlich darauf vorbereitet, erneut von ihr herausgefordert zu werden. Doch diese Offerte erwischte mich trotzdem wie ein nasser Waschlappen, der einem plötzlich ins Gesicht geschlagen wird. So geriet ich ins Straucheln.

„Nun... warum nicht, ich denke, das lässt sich machen, ja."

Die Antwort war kläglich, ich weiß. Aber sie war in diesem Moment gesagt worden und somit eine Tatsache, und allein das zählte.

„Sehr schön. Ich schlage Ihnen *Das kleine Teehaus* vor, das fast um die Ecke liegt. Dort sitzt man gut."

„Ja, wenn Sie das sagen, muss ich Ihnen das wohl glauben." Mehr als ein billiges Häufchen Ironie stand mir nicht mehr zur Verfügung, da ich mich ihrem Willen bereits unterworfen hatte. Das wusste ich natürlich und fühlte mich deswegen auch äußerst unbehaglich – doch zugleich durchzog mich eine nervöse Spannung, die sich der völligen Unsicherheit verdankte, in die ich mich hatte hineinmanövrieren lassen.

Das kleine Teehaus war wie dafür geschaffen, es zu übersehen. Sein Eingang lag zwischen einer schäbigen, schmalen Einfahrt zur Linken und einem erbarmungswürdigen Büromöbelgeschäft zur Rechten. Außer einem kleinen Schild an der Tür wies nichts auf die Existenz dieses „Lokals" hin. Vera, die einen kurzen Rock trug, der mir den Blick auf ein Paar schlanke, nicht gänzlich unattraktive Beine erlaubte, drückte die unverschlossene Tür auf, ging durch einen im ersten Teil kahlen, im zweiten Teil barock-romantisch dekorierten Gang voraus und dann jäh durch einen auf der rechten Seite liegenden Eingang mitten in den Raum, der mir, als ich hineinkam, wie ein großmütterliches, verspielt ausstaffiertes Wohnzimmer erschien.

Die Zimmermitte wurde von einem dicken, roten und standardgemäß gemusterten Teppich bedeckt. Darum herum standen zwei Couch-Garnituren mit Nierentischen. Gegenüber, wo eigentlich die Kommode mit dem Fernsehgerät hätte stehen sollen, befand sich aber doch eine kleine Theke, hinter der nicht die ältere Dame, sondern ein sehr jung aussehendes Mädchen stand. Gäste waren keine zu sehen.

„Hi, Sabine. Bring uns die Karte, bitte."

Meine Führerin setzte sich auf das kleinere der zwei Sofas und deutete auf den Sessel schräg neben ihr, als ob es mir nicht im Traum einfallen könne, mir selbst eine Sitzgelegenheit auszusuchen. Doch ich folgte ihrer Geste, um jegliches Missverständnis zu vermeiden.

„Wie gesagt, Sie sind eingeladen", fuhr sie fort. „Sie sollten sich auch ein Stück Kuchen aussuchen. In der ganzen Stadt gibt es keine besseren Kuchen als hier."

Kaum hatte Vera das gesagt, stand die kleine Sabine am Tisch und drückte mir die kunstlederummantelte Karte des Hauses in die Hand. Sabine trug enge, verschlissene Jeans und ein hellgelbes T-Shirt über einem Leib, der einer 14- bis 17-Jährigen hätte gehören können. Ich ließ mir von den beiden einen Himbeertee und ein Stück Schokoladenkuchen empfehlen, außerdem – für die Verdauung und zudem passend – ein Gläschen Himbeergeist.

Meine Studentin nahm, während ich äußerlich kontrolliert und innerlich leicht konfus aß und trank, nur einen Kamillentee zu sich. Aber sie sprach.

„Ich weiß, dass Sie denken, ich sei aufdringlich und vielleicht sogar frech. Aber ich werde mich bemühen, diesen Eindruck zu verwischen. Da Sie mein Angebot angenommen haben, sehe ich mich umso mehr in der Pflicht, nicht den geringsten Verdacht aufkommen zu lassen, ich würde Ihnen hier etwas vorspielen."

„Etwas vorspielen? Nein, das würde ich nicht denken. Aber ich muss zugeben, dass mir nicht ganz klar ist, was Sie von mir wollen."

„Ich will mehr über Sie erfahren. Ich will den Menschen kennenlernen, der sich hinter der Maske des so kenntnisreichen wie gewissenhaften Seminarleiters verbirgt."

Ich legte die Kuchengabel zur Seite und trank einen kleinen Schluck Tee, bevor ich auf ihre Worte reagierte.

„Sie sind bemerkenswert direkt. Nun, ich sage Ihnen daher auch ganz offen, dass ich keine Maske trage, da ich nichts zu verbergen habe. Es ist nur so, dass mein Privatleben für die Studenten nicht von Interesse sein sollte."

„Ist es aber, zumindest für mich. Wenn Sie nichts zu verbergen haben, weiß ich nicht, was Sie daran hindert, mir etwas über sich zu erzählen – falls es da nicht irgendwelche Staatsgeheimnisse gibt."

„Nein, die gibt es nicht."

„Also dann." Da war wieder ihr fordernder, ja herausfordernder Blick, und da war nun auch ein Grinsen, das mir zeigen sollte, dass weitere Ausweichversuche sinnlos seien.

„Nun gut. Da Sie nicht locker lassen, werde ich Ihnen ein paar Daten aus meinem Leben verraten." Ich lehnte mich zurück und versuchte, mir den Anschein einer leichten Amüsiertheit zu geben. Tatsächlich aber war mir die Situation nicht sonderlich angenehm. „Ich wurde vor 32 Jahren in Köln geboren. Nach dem Abitur ging ich zur Universität, um Germanistik und Geschichte zu studieren. Nach zwei Jahren wechselte ich an die Universität hier in Bonn, wo ich vor rund sechs Jahren promoviert wurde und seitdem als wissenschaftlicher Mitarbeiter beschäftigt bin. So, nun wissen Sie Bescheid."

Sie sah mich einen langen Moment regungslos an – und dann lachte sie laut und ungeniert los, was ihre grundsätzliche Attraktivität sogleich um einiges steigerte, denn die offene Fröhlichkeit zeichnete ihr einen schönen Ausdruck ins Gesicht. Zwar beruhigte sie sich schnell, ließ aber zum Glück noch ein Lächeln übrig.

„Das hört sich wirklich nach einem abwechslungsreichen und geradezu abenteuerlichen Leben an. Ich bin beeindruckt." Sie deutete mit dem Zeigefinger auf mich und neigte ihren Oberkörper dabei etwas näher zu mir. „Damit haben Sie mir bestätigt, was ich von Anfang an vermutete: Sie sind ein Schalk."

„Sollte ich mich nun geschmeichelt fühlen?"

„Ja, das sollten sie. Denn ich schätze Menschen mit einem guten Sinn für Humor."

„Also gut – ich fühle mich geschmeichelt."

„Nun mal im Ernst: Was tun Sie außerhalb des akademischen Bereichs? Was tun Sie in Ihrer Freizeit, welche Romane lesen Sie, welche Musik hören Sie, was mögen Sie überhaupt und was mögen Sie gar nicht? Sagen Sie es mir."

Mein Widerstand gegen ihre Neugier war mittlerweile deutlich schwächer geworden, und so zögerte ich nicht länger, ihr zu antworten.

„Meine Freizeit ist leider knapp bemessen. So bleibt mir eben auch wenig Zeit, um die Dinge zu tun, die ich gerne tun möchte. Allgemein lese ich gern amerikanische Romane, etwa von John

Updike oder Philip Roth. Mein musikalisches Interesse gilt Singer-Songwritern früherer Jahre, unter anderem Crosby, Stills, Nash and Young, James Taylor und vor allem Joni Mitchell. Was ich grundsätzlich mag, das sind Ruhe, Entspannung und Behaglichkeit, und alles Gegenteilige mag ich dementsprechend überhaupt nicht. Sind Sie mit dieser Antwort zufrieden?"

Sie nickte nachdenklich.

„Das ist schon interessant. Ich habe nun zumindest ein etwas deutlicheres Bild von Ihnen. Aber es gibt da immer noch ein paar Fragen. Zum Beispiel: Haben Sie eine Freundin?"

„Ich bin verheiratet."

„Sie tragen aber keinen Ring."

„Das muss man ja auch nicht, oder?"

„Nein, das müssen Sie natürlich nicht."

Wenn ihr diese Information nicht gefallen hatte, so ließ sie es sich nicht sofort anmerken. Doch ihre Fröhlichkeit und Redseligkeit versiegten zusehends, und bis zum Begleichen der Rechnung wechselten wir nicht mehr allzu viele Worte. Als wir die Teestube verlassen hatten, versicherten wir uns gegenseitig, ein interessantes Gespräch geführt zu haben, und verabschiedeten uns.

Ich glaubte daher, dass ich ihr mit meiner Auskunft, verheiratet zu sein, eine Enttäuschung bereitet und die Lust an weiteren Avancen genommen hatte.

Doch das stellte sich später als Irrtum heraus.

Drei

Ich war seit einiger Zeit mit der Abfassung einer geplanten Publikation beschäftigt, die meine volle Aufmerksamkeit verlangte – und immer noch verlangt, da ich sie, nach alldem, was passiert ist, noch lange nicht abgeschlossen habe. Insofern kam mir der Besuch von Olaf und seiner neuen Freundin nicht eben gelegen. Aber ich hatte ja eingewilligt, und dazu musste ich stehen.

Der Freitag, an dem das junge Paar aus Köln bei mir einzutreffen beabsichtigte, war bereits über die Mittagsstunde hinaus fortgeschritten. Ich saß seit dem frühen Morgen am Schreibtisch und arbeitete an meinem Aufsatz. Da ich jedes Zeitgefühl verloren hatte, kam das Klingeln recht überraschend.

Als ich die Tür öffnete, stand Olaf – sportlich gekleidet, mit kurzen Haaren, schmalem Oberlippenbärtchen und breitem Grinsen – unmittelbar vor mir. Seine Begleiterin, die schräg hinter ihm stand, nahm ich zunächst gar nicht wahr.

„Da sind wir, Bruderherz!", tönte er.

„Jetzt schon? Ich hatte noch nicht mit euch gerechnet." Das entsprach nicht ganz der Realität, da Olaf mir zwei Tage vorher den ungefähren Zeitpunkt der Ankunft mitgeteilt hatte, der mir aber inzwischen entfallen war. Andererseits deckte sich meine Entgegnung vollständig mit meinem momentanen Empfinden.

„Wenn wir dich stören, musst du das nur sagen", gab er mir, immer noch breit grinsend, zurück.

„Nun kommt halt rein. Ich werde es überleben."

„Ah! Wie großzügig."

Die typische Jüngerer-Bruder-Frechheit.

„Ja, ja. Schon gut."

Ich zog die Tür vollständig auf und machte eine entsprechende Geste. Olaf stolzierte an mir vorüber, hinter ihm Susanne, deren natürliche, unaufdringliche Attraktivität mir nicht gänzlich entging – wie mir auch nicht entging, dass sie an ihrem linken Handgelenk zwei Armbanduhren trug, eine rote und eine gelbe. Sie bedachte mich mit einem vorsichtigen Lächeln und einem burschikosen Kopfnicken, woraus sich insgesamt ein ebenso freundlicher wie dezenter Ersteindruck ergab.

Tja, so trat sie in mein Leben.

Olaf stand in meiner Wohnung und ließ seine Blicke prüfend umherschweifen.

„Ich finde es schon erstaunlich, dass ein Professor kaum besser wohnt, also sich kein bisschen mehr Luxus gönnt als seine Studenten. Wirklich erstaunlich", urteilte er leichthin.

„Wie viele meiner Studenten hast du schon besucht?"

„Du weißt, was ich meine."

„Ich vermute, du meinst, dass mein Wohnzimmer so aussieht, als sei es mein Arbeitszimmer. So, wie es schon immer war."

Susanne hüstelte leise. Ich ahnte, dass es ihr unangenehm auffallen musste, dass die zwei Brüder im Augenblick des Wiedersehens nach längerer Zeit offenbar nichts Besseres zu tun wussten, als sich gegenseitig mit spitzen Worten zu bedenken. Ich überlegte, wie ich die Situation entkrampfen konnte – und musste es mir im selben Moment gefallen lassen, dass mir Olaf zuvorkam.

„Ja. Aber lassen wir das jetzt mal. Wie du siehst und wie ich es dir angekündigt habe, bin ich nicht allein gekommen. Ich darf dir also meine Freundin Susanne vorstellen... Susa, das ist mein legendärer Bruder Helmut."

Ihre Hand fühlte sich trocken und fest und dennoch sanft an. Sehr angenehm.

„Es freut mich, Sie endlich kennenzulernen", sagte sie mit einer Stimme, die auf so wunderbar schmeichlerische Weise zu ihrem Händedruck passte, dass ich sogleich ein nicht geringes Maß an Bewunderung für meinen Bruder verspürte – nämlich Bewunderung für diesen Erfolg, den er mit der augenscheinlichen Eroberung dieser jungen Frau errungen hatte. Und es ist mir inzwischen klar, dass ich im selben Moment auch schon eine Spur von Neid und Eifersucht über diese Erkenntnis entwickelte.

„Danke. Ebenso. Seien Sie mir willkommen."

Natürlich hätte ich meine ersten Worte an sie etwas eleganter formulieren können. Aber in der Enge der Situation fiel mir leider nichts Geeigneteres ein.

„Also – hört mal: Ich möchte euch bitten, diese komische Siezerei sofort zu lassen. Das passt jetzt wirklich nicht. Schafft ihr das?"

Erneut war er es, der die Lage richtig überblickte und im Griff behielt. Doch ich war von der Ästhetik unmittelbar vor mir zu sehr absorbiert, um mich darüber zu ärgern.

„Da mein Bruder es möchte, werde ich mich bemühen", sagte ich nur.

Ihr schien der Moment ein wenig peinlich zu sein, denn sie verzog den Mund und wandte sich zu meinem Bruder:

„Pardon, Olaf, aber du bist selbst schuld daran, dass ich deinem Bruder mit großem Respekt begegne. Außerdem muss das natürlich von ihm ausgehen, nicht wahr?" Während sie diesen letzten Satz sprach, sah sie mir mit einer gewissen Keckheit in die Augen. Damit war mir der Ball zugespielt worden – und da war er also: der Altersunterschied. Ihr genaues Alter kannte ich nicht, obgleich es möglich war, dass Olaf es mir am Telefon bereits verraten, ich allerdings nicht darauf geachtet hatte. Doch die Annahme, dass nicht viel weniger als zwanzig Jahre zwischen uns liegen mochten, erschien mir realistisch – was sich später auch als zutreffend erwies.

„Wie kann es sein, dass du dafür verantwortlich bist, dass deine Freundin mir mit so großem Respekt entgegentritt?", fragte ich Olaf, da mir gerade nichts Besseres einfiel.

„Weil ich ihr tatsächlich nur Gutes über dich erzähle, Helmut."

„Das überrascht mich, freut mich aber auch. Nun, Susanne, dann wollen wir diese lästige Formalität schnell hinter uns bringen und fortan du zueinander sagen, einverstanden?"

„Sehr gern, Helmut."

„Gut. Und nun nehmt Platz. Meine Studentenbude bietet immerhin doch ein paar Sitzgelegenheiten für Gäste." Ich deutete auf das zweisitzige blaue Sofa und die zwei ebenso blauen Sessel, die um den von einigen Büchern bedeckten Tisch herum gruppiert standen und einst von Brigitte ausgesucht worden waren, da sie blaue Dinge doch immer so gemocht hatte und diese Möbel obendrein auch sehr bequem waren. „Was wollt ihr trinken?"

Während sich die zwei aufs Sofa setzten, gab mir Olaf schon seine Antwort: „Ich brauche was Hochprozentiges. Mein Magen fühlt sich nicht gut an." Gleich darauf Susanne: „Ich möchte gerade gar nichts, vielen Dank."

Ich habe weder Getränke noch Gläser im Wohnzimmer, allein meine Bücher lassen dafür keinen Stauraum übrig. Die Utensilien zur Bewirtung von Gästen befinden sich in der Küche. Als ich dort stand, um Olaf einen Whisky einzuschenken, dachte ich mir, dass die beiden jetzt wohl über mich tuschelten. Um ihnen die Gelegenheit dazu zu erleichtern, machte ich laute Geräusche und ließ mir Zeit. Den Whisky füllte ich außerdem nicht zu knapp ein, nahm ihn aber aus der Reihe der handelsüblichen Sorten, da ich mir die raren und besseren für besondere Anlässe aufhebe.

Ich stellte mir vor, wie mein Bruder seine Partnerin ungeduldig nach ihren ersten Eindrücken von mir befragte und wie sie daraufhin den Kopf neigte und antwortete, dass sie das noch nicht sagen könne, da die Zeit für ein Urteil noch nicht ausgereicht habe, dass man mich aber auf den ersten Blick für einen eher verschlossenen, grüblerischen Menschen halten könne, vielleicht sogar für einen unfrohen und auch ein wenig sauertöpfischen Menschen, der noch unter dem Unglück leide, mit dem er vor einiger Zeit konfrontiert worden sei. Oder so ungefähr.

Etwas später durfte ich erfahren, dass meine kleine Imagination nicht allzu weit von der Realität entfernt gewesen war.

Ich ging zurück und bediente Olaf mit dem von ihm erwünschten Getränk, das er sich auch sogleich mit einem nicht eben kleinen Schluck einflößte.

„Und... du trinkst nichts?", fragte mich Susanne mit einem kurzen Stocken, in dem sie vermutlich das ihr bereits auf der Zunge liegende „Sie" noch rasch gegen ein „du" ausgetauscht hatte.

„Ich kam noch nicht dazu, darüber nachzudenken. Was mich zunächst einmal interessiert, ist, wie lange ihr bei mir zu bleiben gedenkt." Mir fiel es im selben Moment auf, dass dies nicht ausgesprochen höflich klingen mochte, weshalb ich sowohl eine beschönigende Geste als auch eine Erklärung gleich nachschob. „Ich muss euch das fragen, da ich, wie ihr sehen könnt, bis zum Hals in Arbeit stecke."

„Ist schon klar, Großer. Du kannst beruhigt sein – wir bleiben nur eine Nacht, dann geht's schon weiter. Hältst du es so lange mit uns aus?"

Indem er das sagte, kam es mir so vor, als habe er mir diese Information bereits vor ein paar Tagen am Telefon gegeben. Da er sich jedoch nichts anmerken ließ, wollte ich auch nichts weiter dazu sagen, was ohnehin nur meine Unaufmerksamkeit oder Vergesslichkeit zum Inhalt hätte haben können.

Susanne nickte bestätigend und lächelte mich freundlich an.

„Ja, das wird mir wohl gelingen", sagte ich. „Wo ihr schlafen könnt, zeige ich euch nachher. Gut. Da nun alles Wesentliche geklärt ist und ich noch immer nichts zu trinken habe, mache ich euch einen Vorschlag: Wie wäre es, wenn wir uns einen guten Rotwein genehmigen, als Begrüßungstrunk sozusagen?"

Olaf stieß einen leisen Pfiff aus.

„Oha, habe ich das eben richtig gehört? Bist du plötzlich gesellig und zuvorkommend geworden?"

„Du hast richtig gehört. Aber ich bluffe nur. In Wahrheit dient das allein dem Zweck, euch möglichst schnell betrunken zu machen, damit ich weiterarbeiten kann. Also, was ist?"

Sie reagierte erstaunlich schnell – und lachte.

„Das gefällt mir", sagte sie dann. „Da kann ich einfach nicht nein sagen."

Er übermittelte mir ein gezwungenes Grinsen.

„Wenn ich betrunken gemacht werden soll, dann will ich zumindest wissen, womit."

„Entweder mit einem Württemberger Lemberger oder mit einem südafrikanischen Cabernet Sauvignon. Eine größere Auswahl habe ich leider nicht, aber dafür von beiden Sorten genug. Sucht's euch aus."

„Lieber den zweiten. Einverstanden, Susa?"

„Ja. In Ordnung."

Wieder ließ ich sie allein.

Und während ich in der Küche die Flasche aufmachte und drei Weingläser auf ein kleines Tablett stellte, imaginierte ich mir, wie sie ihm gerade zuflüsterte, dass sie nun den Eindruck habe, dass ich langsam auftaue und mich erkennbar bemühe, mit dem Besuch zurechtzukommen, und wie er zurückflüsterte, dass das ganz bestimmt ein falscher Eindruck sei, denn es sehe eher danach aus, dass ich eine Maske aufgesetzt habe, die Umgänglichkeit vortäusche, wohingegen ich tatsächlich beabsichtige, den Besuch so rasch wie möglich loszuwerden, weshalb der sogenannte Bluff nur ein Trick gewesen sei, der sie auf ironische Weise aufheitern sollte und damit ja auch zur Hälfte erfolgreich gewesen sei, woraufhin sie ihm zuflüsterte, dass er doch nicht gar so misstrauisch sein solle, und er wiederum ihr zuflüsterte, er kenne mich eben viel besser als sie und er rieche es förmlich, wie ich meine Gäste wie dumme kleine Kinder hinters Licht führen wolle.

So hätte es sein können – aber so war es nicht, denn mein Bruder wurde, was ich nicht wissen konnte, zu sehr von seinem Unwohlsein geplagt, als dass er sich derlei argwöhnischen Gedanken hätte hingeben wollen.

Als ich ins Wohnzimmer kam, bemerkte ich endlich, dass der Tisch doch allzu überhäuft von Büchern war und ich ihn zuerst freiräumen musste. So stellte ich Tablett und Flasche auf einem flachen Papierstoß am linken Rand des Schreibtischs ab, verlagerte die Bücherstapel nacheinander in die einzig freie Ecke des Raums, wo sie auch keine Stolpergefahr darstellten.

„So viele Bücher in einem einzigen Raum habe ich noch nie gesehen", hörte ich sie zwischenzeitlich sagen und dachte sofort, dass sie demnach noch in keiner Bibliothek oder Buchhandlung gewesen sein könne, was indes sehr unwahrscheinlich war. Tatsächlich entpuppte sich ihre Bemerkung später als ein aus purer Verlegenheit geborener Komplimentsversuch.

„So sieht es in jeder besseren Studentenbude aus", sagte ich, erneut auf Olafs Eingangsbemerkung herumreitend. „Wer akademisch arbeitet, muss Bücher lesen. Was mich allerdings von den meisten Studenten unterscheidet, ist der Vorteil, dass mir 95 Prozent dieser Bücher gehören."

„Womit wir nun endlich erfahren haben, dass es dir wenigstens finanziell recht gut geht", kommentierte er mit beabsichtigtem Sarkasmus, der jedoch recht angestrengt klang und somit wenig überzeugend war.

Endlich hatte ich meine Fracht auf dem Wohnzimmertisch abgeladen, den Wein eingeschenkt und mich gesetzt. Ich hob mein Glas und sagte, da mir kein besserer Trinkspruch einfiel: „Wie zuvor richtig vermutet wurde, befinde ich mich nun in geselliger Stimmung, und daher trinke ich darauf, dass mein Bruder den Weg zu mir gefunden und dahinzu eine charmante Begleitperson mitgebracht hat. Prosit."

Beide verzichteten, aus welchen Gründen auch immer, auf eine Entgegnung. An ihren Gesichtern erkannte ich dann aber, dass ihnen der Wein kaum weniger gut schmeckte als mir. Na, also.

„So. Und jetzt erzählt mir mal, was um alles in der Welt ihr in diesem überlaufenen und ersaufenden Venedig anfangen wollt."

Winternacht

Vor Kälte ist die Luft erstarrt,

Es kracht der Schnee von meinen Tritten,

Es dampft mein Hauch, es klirrt mein Bart,

Nur fort, nur immer fortgeschritten!

Nikolaus Lenau
(Auszug)

Vier

Während des restlichen Sommersemesters blieb der Kontakt mit Vera Kanzloff spannend. Zwar beschränkte er sich weitgehend auf das seminaristische Gegenüber im Raum 211 des Universitätsgebäudes, aber immer dann, wenn sie sich zu Wort meldete, durchzog mich ein seltsames Empfinden, das sich aus einer besonderen Erinnerung und einer leichten Ungewissheit zusammensetzte.

Einige Wochen nach unserem Gespräch im Teehaus kam sie nach der Seminarsitzung erneut zu mir. Es waren noch zehn oder zwölf weitere Studenten im Raum, doch darum schien sie sich nicht zu scheren.

„Wie geht es Ihnen, Herr Reimann?", fragte sie ernst, aber nicht unfreundlich.

„Ich bin, ehrlich gesagt, ein wenig müde. Aber ansonsten geht es mir ganz gut. Vielen Dank."

„Und wie geht es Ihrer Frau?"

„Oh..." Ich stockte, denn mit dieser Frage war nicht zu rechnen gewesen. „Auch ihr geht es gut. Nochmals vielen Dank für Ihr Interesse. Und wie geht es Ihnen?"

„Das werde ich Ihnen sagen, wenn sich wieder einmal die Gelegenheit eines Gesprächs ergeben wird."

„Nun, das wird schon nächste Woche der Fall sein", sagte ich, darauf bedacht, meine Überraschung nicht nach außen dringen zu lassen. „Wenn Sie ein Thema für Ihre Seminararbeit ausgesucht haben, werden wir darüber reden, nicht wahr?"

Sie nickte und lächelte leicht.

„So wird es sein. Bis dann."

Und schon verschwand sie.

Es ist üblich, dass Studenten ein Seminar mit einer wissenschaftlichen Arbeit abschließen, für die sie in der Regel eine Benotung und damit auch einen Teilnahmenachweis erhalten. Die Liste mit den Themenvorschlägen hatte ich bereits ausgegeben. Nun lag es an den Studenten, sich zu entscheiden und einen Gesprächstermin mit mir zu vereinbaren.

Mein Büro befand sich im vierten Stock des Hauptgebäudes, wo der Großteil der Germanistischen Fakultät untergebracht war. Es war recht klein, bot außer dem Schreibtisch und mehreren Regalen nur mir selbst und einem Besucher ausreichend Platz. Außer der Eingangstür gab es noch eine Verbindungstür zum Büro meines Kollegen Walter, die offen stand, wenn nicht gerade einer von uns ein wichtiges Gespräch zu führen hatte. Hauptverantwortlich dafür, dass sie in der Regel offen blieb, war ich. Denn ich mag keine geschlossenen Türen, und die Ursache dieser Abneigung ist ein Zwischenfall, der sich in meiner Schulzeit ereignet hatte. Ich musste damals am Ende einer Pause noch einmal auf die Toilette, und ein paar Schelme nutzten diese Gelegenheit, mich in der Kabine einzusperren – entweder dadurch, dass sie die Verriegelung beschädigten, oder durch irgendeinen anderen mechanischen Kniff, ich habe es nie erfahren. Jedenfalls geriet ich in Panik und schrie um Hilfe, aber Ewigkeiten lang tat sich nichts. Der Unterricht hatte längst begonnen – und ich saß auf dem Klo fest! Schließlich befreite mich dann der Hausmeister. Ein typischer Schuljungenstreich eben. Aber er sorgte dafür, dass ich seitdem geschlossene Türen nicht gerne sehe – auch wenn ich auf öffentlichen Toiletten diesen Impuls zu unterdrücken vermag.

Veras Termin war am Mittwoch, 17.30 Uhr. Es war der letzte von insgesamt acht Gesprächsterminen an diesem Tag. Der Rest sollte am nächsten Tag folgen.

Sie war betont jugendlich und sommerlich gekleidet, was wegen der Hitze des Tages allerdings auch nicht unbegründet war: geflochtene Sandalen, ausgeblichene Jeansshorts und über dem bloßen Bauch nur ein gelbes Top. Eine hellblaue Plastiktasche hing ihr über die Schulter. Die Haare hatte sie zu einem kleinen Pferdeschwanz zusammengebunden.

„Hallo, Herr Reimann."

„Hallo, Frau Kanzloff. Nehmen Sie bitte Platz."

Sie setzte sich, legte die Tasche neben den Stuhl und schlug ihre Beine übereinander. Es waren, wie ich bereits angedeutet habe, sehr schöne, sehr elegant aussehende Beine.

Sie erklärte mir umgehend ihre Themenwahl und machte dazu ein paar Änderungsvorschläge, denen ich sogleich zustimmte. Offenbar hatte sie schon gründlich recherchiert, denn sie nannte mir, ohne dass ich sie danach gefragt hätte und ohne dass sie dazu nachschauen musste, alle Autoren und Bücher, die zur Behandlung des Themas gehörten, und beschrieb mit wenigen, aber präzisen Worten die wesentlichen Fragestellungen.

„Das hört sich fast so an, als seien Sie mit Ihrer Arbeit schon so gut wie fertig", reagierte ich einigermaßen verblüfft auf ihre Angaben.

„Ich arbeite so ökonomisch wie möglich. Wenn ich einmal angefangen habe, höre ich erst auf, wenn das Hauptsächliche fertig ist. Meine Arbeit ist tatsächlich so gut wie fertig. Ich wollte mir nur noch Ihr Einverständnis zu meinem Konzept abholen."

„Donnerwetter!", entfuhr es mir.

„Außerdem werde ich sehr bald nach Venezuela gehen, und zwar für längere Zeit, so dass die Arbeit so schnell wie möglich abgegeben sein muss. Ich habe nicht mehr viel Zeit."

Sie stand auf, spähte kurz ins Nebenzimmer, schloss die Tür und verriegelte sie, wie sie sodann auch die Tür zum Gang verriegelte. Dann setzte sie sich keck auf die freie rechte Ecke meines Schreibtischs und sah mich eindringlich an, eindringlicher noch als je zuvor.

„Sie sind ein harter Brocken, mein lieber Herr Reimann. Und die Tatsache, dass sie verheiratet sind, macht mir die Sache nicht eben leichter. Aber vielleicht verstehen Sie, da Sie ja sehr viel verstehen, warum ich mich nicht von Ihnen verabschieden möchte, ohne wenigstens ein Mal etwas näher mit Ihnen zusammen gewesen zu sein."

Ich war vorübergehend sprachlos. Eine derartige Direktheit hatte ich selbst von ihr nicht erwartet. Ich wusste nicht, wie ich reagieren sollte – und zugleich spürte ich, wie heiße und kalte Regungen in mir miteinander in Konflikt gerieten.

„Führen Sie etwa eine Strichliste von Männern, die Sie erobert haben? Soll ich der nächste Strich darauf sein?"

Sie ließ die Sandalen fallen und setzte mir ihren nackten rechten Fuß sanft auf den linken Oberschenkel.

„Das gehört nicht zu meinem Vokabular. Es geht mir um ein angenehmes Erlebnis, das von beiden Seiten gewollt wird. Denken Sie anders darüber?"

„Nein, eigentlich nicht..." Ich war in arger Bedrängnis und wusste schon gar nicht mehr, ob ich noch atmete oder nicht.

„Finden Sie mich denn so wenig sympathisch, dass Ihnen ein angenehmes Erlebnis mit mir gänzlich unvorstellbar ist?" Ihr Fuß war in die unmittelbare Nähe meines Schoßes vorgerutscht.

„Ich... ich finde Sie sogar sehr sympathisch..." Mehr konnte ich nicht sagen. Meine Hand, die eben noch ihren Fuß von meinem Bein hatte wischen sollen, hielt diesen nun fest, und meine Finger strichen über ihre Haut. Ich war zu einem anderen geworden.

Eine halbe Stunde später war Vera Kanzloff fort.

Die Verbindungstür war wieder geöffnet, die Eingangstür geschlossen, aber nicht verriegelt. Der Schreibtisch und die Regale standen noch da, wo sie vorher schon gestanden hatten, und ich war wieder vollständig bekleidet. Aber alles andere hatte sich geändert.

Die Welt war in Aufruhr. Klare Gedanken waren unmöglich, denn jeder Ansatz dazu vertilgte sich auf der Stelle selbst, Wahrnehmungen entzogen sich jeglicher Reflexion, da sie auf den Oberflächen der Sinnesorgane sogleich verblassten, und die Gefühle, die Gefühle!, bündelten sich zu einem dämonischen, multidimensionalen Kaleidoskop.

Ich hatte versagt.

Und es hatte ganz und gar nicht an ihr gelegen. Im Gegenteil: Sie war mir, nachdem ich ihr mehr oder weniger deutlich meine Zustimmung signalisiert hatte, sehr behutsam nahe gekommen, hatte nichts übereilt, sondern ihre ganze Erfahrung zum Einsatz gebracht, mich sanft liebkost und auf jedes noch so winzige Erschrecken meines Körpers mit einem kurzen Stopp und dann fortgesetzten, vorsichtigen Bemühungen reagiert. Doch bei allem Wohlwollen und aller Geduld hatte sie nicht verkennen können, dass meine Physis kein Anzeichen dafür übermittelte, ihren Verlockungen in absehbarer Zeit Folge zu leisten. Es war schlichtweg aussichtslos gewesen.

Jeder andere und normale Mann hätte sich schon angesichts ihres reifen, schlanken und dennoch sinnlichen Körpers, der nach wenigen Sekunden vollkommen entblößt vor mir gestanden war, seiner aufflammenden Lust nicht entziehen können und den Liebesakt mit ihr vollzogen. Aber ich hatte dies nicht vermocht – und die Erkenntnis darüber wühlte nun in mir herum wie ein rotglühendes Eisen.

War es vielleicht mein schlechtes Gewissen gewesen? Hatte das in mir abgespeicherte Bild Brigittes die unmittelbare Präsenz Veras bezwungen und neutralisiert? War ich am Ende doch ein so von moralischen Skrupeln beherrschter Mensch, wie ich es nicht für möglich gehalten hatte? Ich wusste es einfach nicht.

Was ich jedoch noch weiß und nicht vergessen werde, ist die Großherzigkeit, ja die Offenbarung charakterlichen Größe, mit der sich Vera von mir verabschiedete. Sie gab nicht im Geringsten zu erkennen, dass sie nun von mir enttäuscht sei, was sie aber zweifellos war, sondern lächelte mich an und versuchte, mich aufzumuntern, indem sie mit gedämpfter Stimme sagte, das wäre ja dennoch etwas Besonderes gewesen und allein meine unerwartbare Bereitschaft, mich ihr preiszugeben, würde ihr angenehm in Erinnerung bleiben.

Als sie schon angezogen war, ihre Tasche in der Hand hatte und an der Tür stand, fragte ich sie noch: „Was werden Sie in Venezuela tun? Was ist mit Ihrem Schein? Warum waren Sie überhaupt hier, da Sie ein Studium doch offensichtlich gar nicht nötig haben?"

Sie lachte kurz und antwortete dann: „Ich gehe zusammen mit meinem Mann dorthin, er ist im diplomatischen Dienst. Ja, ich bin auch verheiratet, denken Sie darüber, was Sie wollen. Ich hatte mich hier nur für zwei Semester eingeschrieben, um etwas zu tun und mich nicht langweilen zu müssen. Den Schein dürfen Sie behalten, zur Erinnerung. Ich werde in Venezuela an Sie denken."

Mit zwei schnellen Schritten war sie noch einmal bei mir, gab mir einen Kuss auf den Mund und war dann im Handumdrehen auf und davon. Ich sah auf eine geschlossene Tür und auf ein Desaster, das nur dann, wenn sie recht haben sollte, irgendwann zu einer nicht mehr ganz so desaströsen, vielleicht sogar interessanten Erinnerung werden würde.

So ist es schließlich auch gekommen: Immer wieder denke ich an Vera Kanzloff zurück. Das Seminar ging tatsächlich ohne sie zu Ende. Ihre schriftliche Arbeit, die sechs Tage nach jenem Mittwoch bei mir eintraf, war formal perfekt sowie inhaltlich brillant und bekam von mir, obwohl es für niemanden mehr von Bedeutung war, die beste aller Noten. Und noch eine kleine Kuriosität am Rande: Wir hatten uns nie geduzt.

Die Spuren der Scham sind inzwischen fast gänzlich verweht. Falls ich mir damals vorgenommen haben sollte, etwas Ähnliches nie wieder zuzulassen, so bin ich jedoch grandios gescheitert. Denn es dauerte nicht einmal ein Jahr, bis ich in eine vergleichbare Situation geraten sollte. Die konkrete Versuchung war dann aber eine völlig andere.

Fünf

Olaf und seine Freundin lagen seit zwei Stunden im Bett. Wir hatten den Wein getrunken und miteinander geplaudert, bis sie schließlich müde wurden und sich auf ihr Zimmer begaben. Seitdem saß ich am Schreibtisch und bemühte mich, meine Gedanken zu sammeln und auf das vor mir liegende Thema zu lenken. Aber so recht gelingen wollte mir das nicht – was natürlich auch daran lag, dass die Arbeitsunterbrechung sich über einige Stunden hingezogen hatte und ich inzwischen nicht mehr ganz nüchtern war.

Ein schabendes Geräusch an der offenen Tür durchdrang meine Konzentrationsversuche und ließ mich zusammenfahren. Ich drehte mich um und erkannte im Schein der Schreibtischlampe meinen Bruder, der einen von meinen Schlafanzügen trug, da sie beide vergessen hatten, ein paar Sachen für die Übernachtung aus dem Auto mitzunehmen, und er sich einfach Ersatz aus meinem Schrank geholt, an ein vergleichbares Problem seiner Freundin, wie ich erst später erfuhr, dabei aber nicht gedacht hatte, dieser Trottel.

„Meine Güte, was treibst du denn hier?"

„Tut mir leid, dass ich dich erschreckt habe. Aber mir geht's nicht gut."

Ich stand auf, ging zu ihm und schaltete gleich das große Licht an. Er sah wirklich nicht gut aus; sein Gesicht war blass und wirkte angespannt.

„Dein Magen?"

„Ja. Tut verdammt weh. Hast du irgendein Schmerzmittel?"

„Nur Aspirin. Aber ich sehe mal nach." Ich ging ins Badezimmer und durchsuchte den Spiegelschrank, wo ich alle nötigen Medikamente aufbewahrte. Mehr als Tabletten gegen Kopf- und Halsschmerzen fand ich jedoch nicht. Also blieb mir nichts anderes übrig, als auf ein bewährtes Hausmittel zurückzugreifen, das sich in der Küche befand. Als ich mit der Flasche und zwei Gläsern ins Wohnzimmer kam, hatte er sich bereits aufs Sofa gesetzt.

„Pillen habe ich keine für dich, wie gesagt. Du musst also hiermit Vorlieb nehmen." Ich schenkte ihm besonders großzügig ein, aber auch mir gönnte ich eine nicht unerhebliche Menge der hellbraunen Flüssigkeit. Schließlich war es nun doch eher unwahrscheinlich, dass ich in dieser Nacht noch zum Arbeiten kommen würde.

„Okay, warum nicht", sagte er. „In Westernfilmen machen sie's ja auch so."

Unvorsichtigerweise nahm er einen recht großen Schluck, so wie er es auch schon am Nachmittag getan hatte. Ich sah seine Reaktion voraus, und sie kam prompt: Er stellte das Glas hastig zurück, fasste sich an die Brust und keuchte laut, hustete dann auch gleich. Seine Augen waren weit aufgerissen.

„Au Mann! Der Stoff hat's aber in sich! Was ist das denn?"

„Ein echter Single Malt Whisky. Reinrassig, bedeutet das. Satte 58 Prozent Alkohol. Nicht billig, aber sehr zu empfehlen an kalten Wintertagen und gegen sonstige Unannehmlichkeiten. Sollte dir also wieder auf die Beine helfen."

Er beäugte nun das Flaschenetikett, schnupperte am Glas – und nahm wieder einen Schluck zu sich, allerdings einen deutlich kleineren als zuvor.

„Hast du Susanne nicht geweckt?", fragte ich ihn.

„Nein. Zwecklos. Wenn sie Alkohol getrunken hat, schläft sie wie ein Stein. Sie kann mir sowieso nicht helfen."

„Habt ihr keine Reiseapotheke dabei?"

„So was besitze ich gar nicht."

„Hm."

Einige Minuten lang schwiegen wir. Wir hatten von Kindheitstagen an nie sehr viel miteinander gesprochen. Die Gelegenheit seines Besuchs, nun verbunden mit seinen Magenschmerzen, stellte eine Ausnahme dar. In diesem Moment schien es, als seien wir beide uns dieser Tatsache bewusst, und offenbar war ihm das unangenehm. Doch dann fiel ihm wohl ein, wie er das Gespräch wieder in Gang bringen könne, und so deutete er unvermittelt auf meinen Schreibtisch.

„Was schreibst du da eigentlich?"

„Interessiert dich das wirklich?"

„Sag's mir einfach."

„Na gut. Es ist ein Aufsatz über Nietzsches ambivalentes Verhältnis zu Schiller. Titel: *Moraltrompeter und Antimoralist.*"

„Und was bedeutet das?"

„Das bedeutet, dass ein geistiger Revoluzzer den anderen, früheren Revoluzzer in die reaktionäre Ecke stellte, obgleich er ihn als Dichter und Dramatiker wohl schätzte. Das bedeutet somit, bezogen auf die progressive literarisch-philosophische Elite, innerhalb eines knappen Jahrhunderts einen markanten Wertewandel. Die Quellenlage dazu ist aber eher dünn, so dass es am Ende wohl weniger ein streng wissenschaftlicher als ein literarischer Aufsatz sein wird."

„Ist das ein Nachteil?"

„Kommt darauf an, welchen Verlag ich mir aussuche."

„Hältst du darüber auch eine Vorlesung?"

„Gut geraten, Bruder. Ja, in der Tat. Und ein Seminar noch dazu. Die Studenten sind manchmal ganz nützlich. Insbesondere dann, wenn sie auf Ideen kommen, auf die ich noch nicht gekommen bin. Das hilft dann in der Regel weiter."

Ich war einigermaßen überrascht, dass sich Olaf so interessiert an meinen Angelegenheiten zeigte. Das mochte aber auch daran liegen, dass er darin eine Möglichkeit sah, sich von seinem Unwohlsein abzulenken.

„Ist das nicht geistiger Diebstahl?", fragte er weiter.

„Ach was! Du bringst ihnen etwas bei, und sie geben dir Anregungen. Jedoch nur im Idealfall. Üblicherweise versuchst du erfolglos, ihnen was beizubringen, und es kommt nichts zurück. Was soll's."

„Das klingt nicht gerade nach Begeisterung."

„Begeisterung? Ha. Ich mache meinen Job, nicht mehr und nicht weniger."

„Entschuldige. Ich dachte nur immer, wenn es um einen mustergültigen Professor ginge, dann wärst ganz bestimmt du die erste Wahl."

„Ist das dein Ernst?"

„Ja."

Ich war verblüfft. Dass er eine so hohe Meinung von mir hatte, hätte ich nicht im Geringsten für möglich gehalten. Susannes Bemerkung am Nachmittag war zwar ein kleiner Hinweis darauf gewesen, den ich aber nicht sonderlich ernst genommen hatte. Außerdem berührte mich sein Lob nun auf peinlichste Weise, denn von Mustergültigkeit konnte bei mir wirklich keine Rede sein.

„Danke für das Kompliment", sagte ich bloß.

„Keine Ursache. Jetzt mal was anderes: Wie findest du sie denn nun?"

„Warum willst du das wissen?" Meine Gegenfrage war an sich überflüssig, aber der Form wegen stellte ich sie eben doch, denn immer dann, wenn ich eine seiner Freundinnen kennengelernt hatte, sei es auch nur für ein paar flüchtige Minuten, kam über kurz oder lang die Frage, wie ich sie denn fände. Ich hatte also schon längst damit gerechnet.

„Weil ich deine Meinung hören möchte, deswegen."

„Ich habe noch keine Meinung. Jedenfalls nichts, das in nennenswerter Weise über das hinausginge, was ich bereits gesagt habe, nämlich dass sie nett und charmant ist und auch klug zu sein scheint."

„Gut, gut. Was aber noch wichtiger ist: Denkst du, dass sie zu mir passt?"

„Herrje, Olaf. Wie oft hast du mich das schon gefragt? Und wie oft hast du darauf eine Antwort bekommen, die dir nicht gefallen hat?"

„Ich weiß ja, dass du es nicht so gern hast, wenn ich dich solche Sachen frage. Aber diesmal bedeutet es mir mehr als sonst, glaub mir das."

„Warum sollte ich? Auch diese Beteuerungsphrase ist mir nicht neu, ganz im Gegenteil. Es ist gar nicht so lange her, dass du mich wegen deiner letzten Flamme, Christine mag sie geheißen haben, ganz ähnlich angefleht hast, obwohl mir zur Bewertung gerade mal ein Foto zur Verfügung stand, das du mir geschickt hattest. Das war wirklich unglaublich. Wie soll ich denn um alles in der Welt jemanden danach beurteilen, ob er zu dir passt, wenn ich ihm überhaupt noch nicht begegnet bin, kein Wort mit ihm gewechselt habe?"

„Ja, ich geb's zu, das mit Christiane war unüberlegt, weil ich mir damals so fürchterlich unsicher war. Aber nun hast du ja schon ein paar Worte mit Susanne gewechselt, und ich weiß, dass dir das in der Regel genügt, um einen Menschen einschätzen zu können. Lass mich also bitte nicht länger so herumzappeln."

„Es geht nicht darum, ob ich dich zappeln lassen will oder nicht. Das ist Unsinn. Es geht darum, dass du mich immer wieder mit deinen Frauengeschichten behelligst und dabei so tust, als sei ich der Fachmann vom Dienst. Und ich habe dir oft genug gesagt, dass ich das nicht bin und mir deine Geschichten auch kein allzu großes Interesse abzugewinnen vermögen. Hier geht es also um deine Privatsphäre, die ich als eine solche auch respektieren dürfen will!"

In diesem Moment dachte ich, dass ich das vorsichtig und zugleich deutlich genug formuliert hätte. Doch das war falsch. Außerdem ahnte ich noch nicht, dass ich das Wort von der zu respektierenden Privatsphäre binnen Tagesfrist selbst Lügen strafen würde.

„Aber ich bin dein Bruder", gab er trotzig zurück.

„Ja, und meinen Bruder interessiert es in der Regel nicht, womit ich beschäftigt bin und welche Probleme mich bedrängen. Mein Bruder versucht nur dann, Kontakt mit mir aufzunehmen, wenn es um eine seiner Liebschaften geht, da er mich – aus einer krassen Fehleinschätzung heraus – für einen Frauenversteher hält. Ein solcher Frauenversteher aber sollte niemand sonst als er selbst sein, denn nur so entginge er der Verlegenheit, immer wieder die gleiche Frage stellen zu müssen. Doch offenbar sind ihm nicht nur Frauen, sondern ist ihm auch seine eigene Person ein zu großes Rätsel, um allein damit umgehen zu können. Die Tatsache, dass mein Bruder stets neue Versuche unternimmt, dieses Rätsel zu lösen, und bislang keinen Versuch zu einem befriedigendem Ende geführt hat, legt diesen Schluss zumindest nahe."

Er sah mich an, wie er mich in vergleichbaren Situationen immer angesehen hatte: überrascht, verwirrt, ungläubig und hilflos. Ich wandte mich, um mich vor diesem ans Erbärmliche heranreichenden Gesichtsausdruck nicht ekeln zu müssen, dem Whisky zu.

„Mach mich nur fertig", hörte ich ihn sagen. „Das hast du ja schon immer gut gekonnt."

„Unsinn", entgegnete ich, während ich mein Glas zurückstellte. „Du hast mir nicht richtig zugehört. Ich habe eben gesagt, dass deine Unsicherheit aller Wahrscheinlichkeit nach in dir selbst begründet ist. Das ist meine Ansicht, die nichts mit fertigmachen zu tun hat. Es ist selbstverständlich dein gutes Recht, anders darüber zu denken."

„Natürlich habe ich dir zugehört, und es ist erschreckend, wenn du so sprichst. Einerseits redest du so sachlich und nüchtern, als wärst du in einem deiner Seminare, und andererseits ist da so viel Kälte und Schärfe in deinen Worten, dass es gar keinen Zweifel geben kann, dass du mich damit verletzen willst. Du kannst mir nichts vormachen. Es ist einfach deine Art, mir deine Überlegenheit wie eine Keule über den Kopf zu hauen."

„Hört, hört."

„Und es verletzt mich besonders, weil ich dir erst vor ein paar Minuten gesagt habe, wie sehr ich dich schätze und welchen großen Wert daher auch deine Meinung für mich hat. Aber das hindert dich nicht daran, mich dennoch zu beleidigen. Wieso tust du das? Was habe ich dir denn getan?"

„Herrje, auch das noch!" Es gehörte eben auch zum Ritual, dass er mir Vorwürfe machte und so versuchte, den Spieß umzudrehen. Diesmal hatte ich jedoch keine Lust, den Disput fortzusetzen. Merkwürdigerweise empfand ich plötzlich sogar ein bisschen Mitleid. Ja, es mochte sein, dass ich ihm, da mir seine Fragerei auf die Nerven gegangen war, mit scharfen Worten hatte zurechtweisen wollen – und das, obwohl es ihm nicht gut ging und er mir zuvor ein unerwartbares Kompliment gemacht hatte. „Also gut, pass auf: Wenn ich eben ein bisschen grob zu dir war, dann entschuldige ich mich jetzt dafür. Das war womöglich nicht ganz angemessen."

Er benötigte einige Sekunden, bevor er seine Worte beisammen hatte.

„Ist das ehrlich gemeint oder nur wieder eine Falle, in die ich tappen soll?"

„Nein, keine Falle, sondern ehrlich." Ich versuchte, ihn anzulächeln, doch vermutlich wurde nur ein albernes Grinsen daraus. „Und um dir das zu beweisen, werde ich dir nun doch eine Antwort auf deine Frage zu geben versuchen." Dieser Satz war mir schneller über die Lippen gegangen, als es hätte sein dürfen. Doch nun war er ausgesprochen – und ich musste konsequenterweise fortfahren. „Unter dem Vorbehalt, dass ich sie erst seit nicht einmal einem halben Tag kenne, erscheint mir Susanne in der Tat eine nicht ungeeignete Frau für dich zu sein. Und falls dir das etwas zu diffus formuliert erscheint, so kann ich es noch etwas direkter sagen: Ja, ich denke, dass sie zu dir passt. So – jetzt hast du meine Meinung gehört."

Auch diese Botschaft schien er erst einmal verarbeiten zu müssen, aber die Erleichterung, ja vielleicht sogar die Befriedigung darüber, dass ich ihm so unverhofft nachgegeben hatte, war bereits zu erkennen.

„Es freut mich, das aus deinem Mund zu hören, Helmut. Ja, das freut mich wirklich", sagte er schließlich, ergriff sein Glas, um mit mir anzustoßen – stellte jedoch im nächsten Augenblick fest, dass es leer war. Ich kam ihm rasch zu Hilfe und füllte nach, so dass wir dann doch gleich den leise klirrenden Akt der Versöhnung, auch wenn sie nur von vorrübergehender Art sein sollte, vollziehen konnten.

Während der folgenden anderthalb Stunden durfte ich mir begeisterungsgetränkte Berichte über sein „neues Mädchen", das immerhin schon 29 Jahre alt war, wie ich dabei erfuhr, sowie einige weitere Details seiner gegenwärtigen Lebenssituation anhören, unter anderem dass er Handys verkaufte und sich selbst „Geschäftsführer" nannte, was der Realität entsprechen mochte oder auch nicht. Offensichtlich hatte ihn das Zusammenspiel von Gespräch und Alkohol seine Schmerzen vergessen lassen, denn er blühte förmlich auf und fragte alsbald nach meiner Ehe mit Brigitte, die ja doch wohl eine „fantastische Partnerschaft" gewesen sein müsse und seiner Beziehung zu Susanne bestimmt als Vor- oder Leitbild dienen könne.

Ich verkniff mir die Bemerkung, dass allein schon wegen der gewaltigen Unterschiede der jeweils beteiligten Personen hier gewiss nicht von Vor- oder Leitbildhaftigkeiten die Rede sein könne, und rang mir einige Erinnerungsmomente ab, die eher oberflächlich als wesentlich waren, die ich aber doch ein bisschen ausschmückte, um ihm so den Eindruck zu vermitteln, dass mich sein Interesse angenehm berühre.

Schließlich waren wir so erschöpft – wobei die Tatsache, dass wir die Flasche leergetrunken hatten, einen nicht ganz unerheblichen Beitrag dazu geleistet hatte –, dass uns keine aussprechenswerten und vor allem keine aussprechbaren Gedanken mehr einfielen und wir folglich beschlossen, zu Bett zu gehen.

Sechs

Brigitte lernte ich kennen, als ich 28 Jahre alt war.

Sie führte einen Buchladen, der sich unweit der Universität befand und in dem ich schon mehrmals gewesen war, allerdings ohne sie dabei jemals wahrgenommen zu haben. Ich habe die Gewohnheit, wie sie so mancher Büchernarr hat, auch ohne konkrete Kaufabsicht in eine Buchhandlung zu gehen und dort nur so herumzustöbern. In Universitätsstädten, die über viele derartige Geschäfte verfügen, ist der Reiz hierzu umso größer – vor allem dann, wenn sie über eine gut sortierte Antiquariatsabteilung verfügen.

An jenem Tag war dies wieder einmal der Fall. Vermutlich war es am späten Nachmittag, denn es stand mir kein Seminar und kein Besprechungstermin mehr im Weg, so viel Zeit in dem Geschäft zu verbringen, wie ich wollte. Also stöberte ich durch die Regale und entdeckte dabei ein Exemplar der 1951 erschienenen Erstauflage von Heimito von Doderers großartigem Roman „Die Strudlhofstiege". Im vergangenen Semester hatte ich ein Seminar über österreichische Nachkriegsliteratur durchgeführt und dabei selbstverständlich auch Doderers Werk berücksichtigt. Die „Strudlhofstiege" war mir allerdings nur in einer neuen Taschenbuchausgabe zur Verfügung gestanden. Ich war also sofort entflammt, holte das seltene Stück aus dem Regal und stellte fest, dass es sich in einem ausgezeichneten Zustand befand.

Als ich es aufschlug, galt mein Interesse zuerst den zwei Widmungsseiten, die vom Autor dem titelgebenden Bauwerk und dessen Architekten zugeeignet worden waren. So las ich erneut und mit grimmiger Zufriedenheit, die sich daraus speiste, dass nicht wenige meiner Studenten den Sinn und Zweck des Lateinischen stets infrage zu stellen wagten, die dem Baumeister gewidmeten Zeilen:

IN MEMORIAM

JOHANNIS TH. JAEGER

SENATORIS VIENNENSIS

QUI SCALAM CONSTRUXIT

CUIUS NOMEN LIBELLO

INSCRIBITUR

Doderer war Professor der Geschichtswissenschaft gewesen, was zu seiner Zeit noch bedeutete, dass er der alten Sprachen mächtig zu sein hatte, was er in Gestalt dieser Gedenkzeilen auch vorwies.

Sodann folgte der Spruch, der von der Stiege selbst handelt und seit der Renovierung derselben auf einer dort angebrachten Tafel nachzulesen ist:

AUF DIE STRUDLHOFSTIEGE ZU WIEN

Wenn die Blätter auf den Stufen liegen

herbstlich atmet aus den alten Stiegen

was vor Zeiten über sie gegangen.

Mond darin sich zweie dicht umfangen

hielten, leichte Schuh und schwere Tritte,

die bemooste Vase in der Mitte

überdauert Jahre zwischen Kriegen.

Viel ist hingesunken uns zur Trauer

und das Schöne zeigt die kleinste Dauer.

Gewiss war dies ein ebenso unorthodox konstruiertes wie gereimtes Gedicht, aber es war zugleich die Exposition des Romans – und wer diesen gelesen hat und anschließend noch einmal diese Zeilen liest, muss sich danach doch mindestens eine kleine Träne aus dem Augenwinkel tupfen.

Doch auf der übernächsten Seite beginnt der Roman – und er beginnt weder antik noch lyrisch, sondern prosaisch-modern und mit einer Vorwegnahme, die einem Paukenschlag gleichkommt:

„Als Mary K.s Gatte noch lebte, Oskar hieß er, und sie selbst noch auf zwei sehr schönen Beinen ging (das rechte hat ihr, unweit ihrer Wohnung, am 21. September 1925 die Straßenbahn über dem Knie abgefahren)..."

Als ich gerade im Begriff war, wieder einmal in den Sog dieses großartigen erzählerischen Werks zu geraten, merkte ich, dass jemand unmittelbar neben mir stand und mich ansah. Ich drehte den Kopf – und sah sie.

Sie war mittelgroß und schlank, und sie hatte ein wunderhübsches Gesicht, das mich auch wegen ihrer halblangen und lockigen blonden Haare an die puppenhaften weiblichen Stummfilmstars der 30er Jahre erinnerte. Sie trug Blue Jeans und Stöckelschuhe, eine hellblaue Bluse und darüber eine schwarze Jacke.

Kurz gesagt: Sie erschien mir auf besondere Weise und auf Anhieb attraktiv. Und sie lächelte mich an.

„Sie haben sich den Doderer rausgepickt, wie ich sehe. Das spricht für Ihren guten Geschmack."

„Oh... hm, vielen Dank. Ja, gewiss, ich kenne es schon seit Längerem, aber die Erstausgabe ist natürlich... ja, ehrlich gesagt, ich bin überrascht, sie hier zu entdecken."

„Wieso denn? Wir bieten jede Menge Überraschungen für lesehungrige und neugierige Kunden." Und während sie das sagte, zwinkerte sie mich an, als sei dies ein Werbespruch, den sie zwar aufsagen, aber nicht so ganz ernst nehmen müsse – und ich natürlich auch nicht.

„Ja, ich glaube Ihnen das sofort", sagte ich, während ich das Buch hinten und vorne nach einem mit Bleistift eingetragenen Preis durchsuchte. Ich wollte es haben.

„Wollen Sie es haben?"

„Ja."

„Dann darf ich mal, bitte..."

Es war ein synchrones Geben und Nehmen: Ich schlug das Buch zu und hielt es ihr hin, während sie schon danach griff und dabei auch prompt meine Finger berührte. Nur ein flüchtiger Blick schien ihr zu genügen, um den Preis zu bestimmen. Sie nannte ihn mir und lächelte mich wieder an.

Ich war vollkommen perplex. So ein Spottpreis für diese Erstausgabe? Das konnte ja nicht wahr sein. Aber natürlich war es das, und es war eben ein Zeichen, das ich damals völlig übersah. Offenbar zeichnete sich meine Verblüffung deutlich auf meinem Gesicht ab, denn die Reaktion erfolgte umgehend.

„Ist Ihnen das etwa zu teuer?"

Das kam so spontan und herzerfrischend, dass ich lachen musste. Und spätestens in diesem Augenblick hatte ein Teil meines Bewusstseins eine Serie von Bildern angefertigt, die mich mit dieser Frau zeigten, wie wir in einem Lokal zusammensaßen und uns angeregt unterhielten, wie wir durch einen Wald zusammen spazieren gingen, wie wir –

„Nein, nein", erwiderte ich und machte dazu eine die Verneinung bekräftigende Geste. „Das ist gewiss nicht zu teuer. Ich bin mir jedenfalls ziemlich sicher, dass ich mir das leisten kann."

Mehr fiel mir nicht ein. Im Angesicht der Buchhändlerin schien meine Geistesgegenwart auf ein geradezu lächerliches Format geschrumpft zu sein. So folgte ich ihr, anstatt sie nach anderen seltenen Büchern zu fragen und damit sowohl das Gespräch als auch den Genuss ihres Anblicks fortzusetzen, wie betäubt zur Kasse. Nachdem ich bezahlt hatte, verabschiedeten wir uns freundlich voneinander, und ich verließ den Laden zwar mit einem guten und wichtigen Buch, doch auch mit dem dumpfen Gefühl, etwas Besonderes erlebt und zugleich verpasst zu haben.

Schon am nächsten Tag aber begab ich mich wieder dorthin. Dieses Mal war ich gut vorbereitet, denn ich hatte mir einige weitere längst vergriffene Erstausgaben notiert, etwa von Arno Schmidt und Robert Walser, die ich zwar nicht unbedingt brauchte, aber nach denen ich nun fragen wollte. Auf eines war ich allerdings nicht vorbereitet, ja ich hatte es nicht einmal in Erwägung gezogen: dass sie nicht da war.

Als ich die Buchhandlung betrat und nicht die attraktive Frau vom Vortag, sondern eine mir unbekannte, unscheinbare, ältere Dame an der Kasse sitzen sah, war ich vor Enttäuschung nahezu fassungslos. Doch da an diesem Samstagmittag gerade kein anderer Kunde im Geschäft war, wandte mir die ältere Dame ihre ganze freundliche Aufmerksamkeit zu, so dass ich mich zu einer sofortigen Aktion gezwungen sah.

Ich beantwortete ihren Willkommensgruß und sagte dann: „Ich führte gestern ein kurzes Gespräch mit einer Ihrer Kolleginnen, nach dem noch ein paar Fragen offen geblieben sind. Hat sie heute frei?"

„Sie meinen ganz bestimmt Frau Falkenhagen, die Besitzerin. Ja, sie hat heute frei. Kann ich Ihnen vielleicht weiterhelfen, oder soll ich ihr etwas ausrichten?"

„Nein, danke. So dringend ist es nicht." Es wäre pure Verschwendung gewesen, diese nette Frau nun mit Schmidt oder Walser zu behelligen, die ja ohnehin nur als Alibi gedacht gewesen waren. „Ist sie denn nächste Woche wieder hier?"

„Ja, am Montag ist sie wieder da."

Da und hier sind wie Tee und Bier, dachte ich flüchtig, bedankte mich aber sogleich für die Auskunft und verabschiedete mich. Als ich wieder draußen war, ging mir nur noch eine einzige Parole durch den Kopf: abwarten und geduldig sein, abwarten und geduldig sein...

Der Rest des Wochenendes war eher nervenzehrend als erholsam. Dem Imperativ des Abwarten-und-geduldig-sein-Sollens konnte ich nur ungenügend Folge leisten. Natürlich gab es ausreichend Arbeit, die auf mich wartete, doch das Bild der Buchhändlerin, die sogar, wie ich nun erfahren hatte, die Besitzerin des Geschäfts war und Falkenhagen hieß – gänzlich vergebens war der Weg also nicht gewesen –, leuchtete wie ein Fanal in mir und überstrahlte somit alle anderen Angelegenheiten, mochten die noch so konkret sein wie Brot und Butter.

Die Erkenntnis, die sich aus alldem ergab, konnte nicht mehr länger ignoriert werden: Ich hatte mich verguckt! Eine Ablenkung hatte ich dann aber doch, und das lag wahrscheinlich daran, dass sie, so widersinnig das auch klingen mag, mit der Ursache meiner Gemütsunruhe klar assoziiert war: „Die Strudlhofstiege".

Der Montag wurde zunächst von Pflichten dominiert. Die Arbeit, die ich am Samstag und Sonntag nicht einmal anzurühren vermocht hatte, musste nun unausweichlich verrichtet werden. Ich saß also von zehn bis sechzehn Uhr in meiner Uni-Schreibstube und bemühte mich um ein Höchstmaß an Konzentration, das aufzubringen und dann auch zu erhalten mir enorm schwer fiel. Aber es gelang mir.

Als ich den Campus verließ, gingen mir Fragen durch den Kopf, wie ich sie mir ganz ähnlich nicht nur in meiner Schulzeit schon ab und zu gestellt, sondern auch in manchen schlichten Romanen gelesen hatte: Was werde ich ihr sagen? Was wird sie mir antworten? Werde ich vor Peinlichkeit ersticken? Wird das alles wie eine Seifenblase zerplatzen? Ist es jetzt vielleicht schon zu spät? Ist sie schon weg? Wird sie sich morgen dann noch an mich erinnern?

Und so fort.

„Ich habe Sie erwartet."

Der halblaut ausgesprochene Satz, mit dem sie mich begrüßte, wirkte wie ein doppelter Whisky, der durch wundersame Kanäle unmittelbar in meinen Magen gelangt war.

„Tatsächlich?"

„Meine Kollegin hatte mich am Samstagnachmittag angerufen und mir erzählt, dass ein Herr nach mir gefragt hätte. Aufgrund ihrer Beschreibung ahnte ich, welcher Herr das gewesen war. Da Sie ihr kein direktes Anliegen vorgetragen hatten, dachte sie, dass es vielleicht um etwas Persönliches ginge. Jetzt können Sie mir sagen, ob diese Überlegung richtig war."

Sie versteht es, hervorragend zu formulieren – das war mein erster Gedanke. Der zweite war: Jetzt hat sie mich am Kanthaken! Niemals wäre ich auf die Idee gekommen, dass ihre Mitarbeiterin sie über meinen Besuch informieren würde. Doch sie hatte es getan, und so saß ich nun in der Falle und musste mir schnellstmöglich etwas einfallen lassen, um wieder herauszufinden. Aber was? Nein, hier half nur noch die Flucht nach vorn.

„Nun, Ihre Stellvertreterin hat das zweifellos richtig beurteilt. Ich muss zugeben, dass ich vorgestern insbesondere aus einem Grund Ihr Geschäft aufsuchte," – ich sah mich schnell um, um sicher zu sein, dass meine folgende Mitteilung keinen unerwünschten Hörer finden würde – „nämlich aus dem Grund, Sie wiederzusehen."

Es war raus und nicht mehr zurückzunehmen. Ich glaube, dass ich, noch während ich diese mich vollständig entblößenden Worte sprach, mir bereits überlegte, ob ich sofort danach verschwinden solle, um der sich abzeichnenden Flut von Verlegenheitsgefühlen noch irgendwie rechtzeitig zu entkommen, oder ob ich alle erdenklichen Konsequenzen mit der Tapferkeit, wie sie für einen 28-jährigen Mann im antiken Griechenland selbstverständlich gewesen wäre, über mich ergehen lassen solle. Doch die Entscheidung wurde mir abgenommen.

„So etwas hört man gern. Vielen Dank." Sie lächelte bezaubernd, und doch lag, im Unterschied zum letzten Mal, ein Hauch von nachdenklicher Ernsthaftigkeit über ihren Worten. „Wir können uns ja mal treffen und ein wenig plaudern, wenn Sie das möchten."

Es gibt diese Momente, die aus purem Glück bestehen. Es gibt sie wirklich. Einen davon habe ich an jenem Montag verspüren dürfen – und ich spüre ihn, während ich davon berichte, noch immer. Ich weiß, dass ich von einigen Menschen, seien es nun Kollegen, Studenten oder mein Bruder, als Skeptiker, Grübler, Ironiker oder einfach nur als unfroher Mensch eingestuft werde. Doch das trifft nicht zu. Ich bin nur nicht willens, existenzielle Elemente des Lebens einfach so auszublenden, als ob sie nicht vorhanden seien.

Seit meiner Schulzeit kenne ich den Satz des römischen Schriftstellers Terenz: „Ich bin Mensch, daher ist mir nichts Menschliches fremd." So ist es. Glück und Unglück, Gelingen und Versagen, Liebe und Verachtung, Nutzen und Missbrauch, Würde und Blamage – alle diese abstrakten Begriffe, die im Leben ohne Unterlass äußerst konkrete, also spürbare Formen annehmen, liegen dicht beieinander. Sie sind alle in uns, sie lenken, irritieren und beherrschen uns, führen uns in Ekstase und in Verzweiflung. Sie sind unsere Antriebe und unsere Ergebnisse. Ich halte populäre, schlagzeilenhafte Phrasen wie „Das ist unmenschlich!" oder „Kein Mensch würde so etwas tun!" daher für gedankenlos oder zynisch. Die Wirklichkeit auf dieser Erde mag sehr oft kompliziert erscheinen, aber sie ist, solange wir sie mit unseren Sinnen wahrnehmen, doch eine menschliche.

„Ja, sehr gerne", sagte ich rasch, um durch ein allzu langes Zögern bei dieser so schönen wie rätselhaften Frau nicht den Eindruck eines entscheidungsschwachen Trottels zu erwecken. Man weiß ja nie.

Sie nickte und schien sogleich zu überlegen, wie ihr Angebot zu realisieren sei. Ohne einen sichtbaren Terminkalender zu Rate gezogen zu haben, schlug sie mir dann vor: „Morgen Abend um sieben Uhr in der *Scheune* – passt Ihnen das?"

Ich wusste auf der Stelle, da mein innerer Terminkalender in der Regel zuverlässig ist, dass es eigentlich nicht so gut passte, da ich am Dienstag von vier bis sechs Uhr mein Seminar hatte und danach üblicherweise mit etlichen mehr oder weniger sinnvollen Detailfragen, persönlichen Kommentaren und neunmalklugen Anmerkungen – etwa: *„Mein Vater hat zu diesem Thema übrigens vor dreißig Jahren ein Gedicht geschrieben..."* oder: *„Mir ist in der letzten Sitzung bei Ihnen ein interessanter Versprecher aufgefallen..."* – zu rechnen war. Doch es war mir im selben Moment klar, dass ich diesmal keine derartigen Epiloge zulassen würde, um ohne Zeitnot und Hektik den Termin mit Frau Falkenhagen einhalten zu können. Ja, das passte also!

Das sagte ich ihr dann auch, und sie reagierte sogleich mit einem vollkommenen, einschränkungslosen Lächeln, das ich gerne als Liebesversprechen gedeutet haben würde, wenn mir mein angeborener Vorsichtskomplex nicht empfohlen hätte, dieses Lächeln als einen lediglich bedingten Reflex anzusehen, der zum Ausdruck bringe, dass eine beiderseitig zufriedenstellende Absprache erfolgt sei. Kurz: Es war eine Verabredung, nichts weiter!

„Sie kennen inzwischen meinen Namen. Ich kenne Ihren noch nicht", sagte sie.

„Oja, pardon, ich heiße Helmut Reimann."

„Und ich Brigitte. Also bis morgen Abend, Helmut Reimann."

Es kam mir alles so unwirklich vor, dass ich mich dazu zwingen musste, ihr ein paar passende Worte zurückzugeben, obgleich mir dann mehr als „Ja, bis morgen" nicht einfiel. Ich war schon längst im siebten oder achten Himmel.

Die *Scheune* war eine große und trotzdem gemütliche Kneipe in der Bonner Innenstadt. Das Interieur hatte einen warmen bräunlichen Glanz, man saß bequem, das Bier schmeckte, und die Preise waren akzeptabel. Natürlich hielten sich hier auch Studenten auf, so wie ich mich hier schon unzählige Male als Student aufgehalten hatte. Meine Fortentwicklung zur wissenschaftlichen Fachkraft hatte daran glücklicherweise nichts zu ändern vermocht.

Es war zehn nach sieben, ich saß seit gut zwanzig Minuten in einer hinteren Ecke des Lokals und war nervös. Seit gestern beschäftigten mich, nachdem sich der Glückstaumel etwas gelegt hatte, einige Fragen. Wie kam es, dass sie so bereitwillig auf meine, na ja, Annäherung eingegangen war? Machte sie das immer so, wenn sich Männer ihr annäherten? War sie ungebunden oder lebte sie mit jemandem zusammen, was sie jedoch nicht daran hinderte, die eine oder andere Avance gerne einmal zu überprüfen?

Natürlich führte das zu nichts. Es blieb mir nur eins übrig: abwarten und geduldig sein.

Fünf Minuten später kam sie.

„Ich hoffe, Sie haben nicht so lange warten müssen", sagte sie und zeigte mir dabei wieder ihr betörendes Lächeln.

„Nein", log ich, während sie sich zu mir an den Tisch setzte. „Sie sind sogar ausgesprochen pünktlich, wenn man die akademische Viertelstunde zugrunde legt."

„Ich dachte mir schon, dass Sie an der Uni sind."

„Wie vermutlich neunzig Prozent Ihrer sonstigen Kunden auch."

„Das ist ein bisschen zu hoch gegriffen. Ich kann es mir einfach nicht leisten, Semester für Semester die wichtigsten der für die diversen Kurse benötigten Bücher ins Sortiment zu nehmen, so wie es die große Konkurrenz tut. Außerdem habe ich den Platz dafür gar nicht. Aber ich habe ein gutes Angebot an alten Büchern, und das wissen auch viele Studenten."

„Wie kommt es eigentlich, dass ich Sie noch nie in dem Geschäft gesehen habe, das Sie ja, wie ich erfahren durfte, sogar leiten?"

„Weil ich es erst vor zwei Wochen übernommen habe. Im Übrigen habe ich Sie dort schon mehrmals gesehen."

Ich war wieder einmal überrascht. Wie war das möglich, dass wir zur gleichen Zeit dort gewesen waren, und ich sie nicht wahrgenommen hatte?

„Das erstaunt mich. War ich denn so sehr in die Bücherwelt eingetaucht, dass ich Sie nicht gesehen habe?"

„Genau so sah es aus. Sie suchten oder lasen äußerst konzentriert. Das Besondere daran war freilich, dass man Ihre Gefühle deutlich von Ihrem Gesicht ablesen konnte. Einmal waren Sie sehr ärgerlich, da Sie irgendetwas nicht finden konnten, und ein anderes Mal waren Sie bei der Lektüre eines Romans, ich glaube, es war ein Roman von John Updike, erkennbar amüsiert.

Darum habe ich Sie auch gleich erkannt, als Sie am Freitag bei mir aufkreuzten und dann den Doderer entdeckten." Sie lächelte und spreizte die Hände, also wolle sie damit formulieren: Das ist die ganze Geschichte!

Bevor ich etwas dazu sagen konnte, war die Kellnerin an unserem Tisch. Frau Falkenhagen bestellte sich einen Kaffee und einen Armagnac. Mein Glas Bier war noch halb voll.

Dann setzte sich die Plauderei fort. Meine Tischpartnerin berichtete mir, wie sie dazu gekommen war, das Geschäft – das seit Jahrzehnten, aufgrund des Nachnamens des ersten Besitzers, den Namen „Nepomuks Buchladen" trägt – zu kaufen. Sie erzählte, dass sie von Kindheitstagen an eine große Leidenschaft für Bücher habe und schon lange davon geträumt habe, einmal einen eigenen Buchladen zu besitzen. Erst jetzt, doch immerhin noch rechtzeitig vor ihrem dreißigsten Geburtstag, habe sich die Gelegenheit dafür geboten und sie habe natürlich keine andere Wahl gehabt, als zuzugreifen. Auf diese Weise erfuhr ich, dass sie ausgebildete Buchhändlerin und ein Jahr älter als ich war und überdies nicht im Geringsten der Regel gehorchte, nach der Frauen ihr Alter höchstens in einem lebensbedrohlichen Notfall preisgeben.

Als ich dann an der Reihe war, erzählte ich, mit so wenig Ausschmückungen und Abschweifungen wie eben möglich, von meinem akademischen Werdegang. Da Frau Falkenhagen jedoch einige Neugier an den Tag legte, ließ ich mich zu ein paar ausführlicheren Schilderungen hinreißen, unter anderem zur Darlegung meiner persönlichen Überzeugung, dass Schiller bedeutsamer als Goethe sei, was vor allem an seinem dramatischen Werk liege, das ohne jeden Zweifel gleich hinter dem Werk Shakespeares rangiere.

Alles in allem zog sich unser Gespräch, das noch viele andere, doch keine allzu privaten Themen berührte, über gut drei Stunden hin. Am Ende hatte sie drei Kaffees und ebenso viele Armagnacs, ich dagegen vier Gläser Bier getrunken, und jeder bezahlte, ganz brav, seine Rechnung selbst. Bevor wir uns trennten, verabredeten wir unkonkret eine baldige Fortsetzung der angenehmen Konversation. Die dann tatsächlich auch bald folgte.

Was mir allerdings am deutlichsten von diesem Abend in Erinnerung geblieben ist, ist das kleine Kreuz, das sie um den Hals trug und das mir bei unseren vorherigen Treffen nicht aufgefallen war. Ich hatte es gleich entdeckt, als sie an meinen Tisch trat, und ich sah, während wir miteinander sprachen, immer wieder hin. Es war wie eine anhaltende Provokation, der ich nicht nachgeben durfte. Und ich schaffte es. Da ich nun aber wusste, dass sie religiös war, stellte sich mir eine ganz neue Frage: Was würde die Oberhand behalten – die ideologische Abneigung oder die persönliche Anziehung?

Sieben

Am nächsten Morgen wurde ich von einem heftigen Klopfen an meiner offen stehenden Tür geweckt, zu dem sich bald eine weibliche Stimme in Nähe meines Ohrs gesellte: „He, Helmut, wach auf, bitte! Olaf geht es fürchterlich schlecht! Steh auf und komm – du musst mir helfen!"

Es war Susanne.

Ich sah mit Tunnelblick auf die Uhr, erkannte die Ziffernfolge *08.05* und stöhnte mit aller mir zur Verfügung stehenden Kraft: „Ist gut, ist gut! Du meine Güte!"

Als ich aufstand und zu meiner Erleichterung feststellen durfte, dass ich einigermaßen sicher auf meinen Beinen stehen konnte, bemerkte ich, dass ich keineswegs einen Schlafanzug, sondern noch immer die Kleidung trug, die ich schon am Tag zuvor getragen hatte. Aber das war ja nun auch egal.

Ich schaute dann erst um mich – und erkannte zu meinem Erstaunen, dass ich einer jungen Frau in schwarzem Dessous gegenüberstand, die keine drei Meter von mir entfernt war und deren Gesicht nicht nur hübsch, sondern auch noch besorgt, ratlos und ungeduldig aussah.

„Ich weiß gar nicht mehr, was ich noch tun soll, Helmut", haspelte sie und bewegte sich dabei zurück in Richtung Gästezimmer. Ich folgte ihr langsam. „Seit Stunden muss er ständig auf die Toilette, hat Durchfall und übergibt sich, fast alle fünfzehn Minuten. Und er sieht schrecklich blass aus. Ich fürchte, wir können vorerst nicht weiterfahren."

„Er hatte doch gestern schon Magenschmerzen. Was hatte er denn vorher gegessen?", fragte ich, da mir ein Verdacht kam. Wir kamen ins Gästezimmer, und er lag tatsächlich wie ein Halbtoter im Bett.

„Wir waren irgendwo in der Nähe von Nürnberg in einem Rasthof. Ich hatte nur ein Sandwich, aber was er gegessen hat, weiß ich nicht mehr. Könnte sein…"

„Ich habe Fisch gegessen", sagte er kraftlos, aber deutlich genug, dass man es verstehen konnte.

„Aha. Ich rufe jetzt mal den Notarzt an. Dann sehen wir weiter", sagte ich und ging hinaus. Es dauerte eine Weile, bis ich die richtige Nummer gefunden hatte, doch dann ging es zügig: Ich schilderte dem Mann die Sache und nannte ihm auch gleich meine Vermutung; er sagte, dass es tatsächlich so sein könne, gab mir ein paar Ratschläge und versprach, so schnell wie möglich zu kommen. Gut.

In der Küche setzte ich Teewasser auf und bereitete den Rest vor. Zwieback hatte ich zwar nicht, aber Toastbrot sollte genügen. Susanne kam herein.

„Kommt er gleich, der Arzt?"

„Ja, er kommt gleich." Ich betrachtete sie und versuchte, dabei den Eindruck zu erwecken, dass ich das mit einer milden Form von Missbilligung täte. „Du solltest dir in der Zwischenzeit etwas anderes anziehen, Susanne. Dein Aufzug ist, na ja, eine Spur zu provokant."

„Wir haben unsere Schlafanzüge noch im Auto, und gestern Abend hatte ich nicht mehr daran gedacht, und außerdem hat Olaf inzwischen meine Hose und mein Shirt verdreckt", entschuldigte sie sich. „Gibst du mir vielleicht was von dir?"

„Nein, ich habe da was, das dir besser passt."

Ich begab mich zurück ins Schlafzimmer. Die Sachen hingen und lagen noch immer im Schrank, obgleich sie längst keinen Zweck mehr erfüllten – außer vielleicht den, Erinnerungsstücke zu sein. Für den Augenblick gut geeignet erschien mir der strahlend blaue Hausanzug, den sie während der letzten Monate oft und gerne getragen hatte, aber der noch immer so gut wie neu aussah. Würde mir das was ausmachen? Nein, ich war mir sicher, dass ich nicht in Tränen ausbrechen würde. Ganz bestimmt nicht.

Sie saß bei ihm und wischte ihm mit einem Waschlappen behutsam übers Gesicht. Es war ein rührender Anblick, mit einem Hauch – wegen ihrer Unterwäsche – von Erotik.

„Zieh dir das hier bitte an, Susanne."

Sie wandte sich um, stand auf und kam zu mir.

„Ist das ein Schlafanzug?"

„Das ist ein Haus- oder Freizeitanzug. Er ist tipptopp."

Sie nahm ihn mir ab und prüfte ihn mit Frauenblick. Dann sah sie mich ernst an, und ich wusste, dass sie nun begriffen hatte.

„Aber das kann ich doch nicht tun, Helmut. Das geht doch nicht."

„Natürlich geht das. Moralische Skrupel sind jetzt völlig fehl am Platz. Das hier ist fast eine Notsituation, und darum ziehst du das verdammte Ding jetzt an!"

Vermutlich lag es an meinem Befehlston, dass sie sich nicht länger sträubte und den Anzug auf der Stelle überstreifte. Er passte, wie ich es erwartet hatte, perfekt.

„Du solltest nur darauf achten, dass Olaf nicht auch noch darüber kotzt", sagte ich, und dann klingelte es schon.

Der Arzt, ein sympathischer junger Mann, der Olaf mit ernsthafter Gelassenheit untersuchte und nebenbei ein paar allgemeine, leicht ironisch eingefärbte Bemerkungen zum Dienst eines Notarztes fallen ließ, bestätigte meine Vermutung, dass es sich um eine Lebensmittelvergiftung handelte. Offenbar war der Fisch, den Olaf unterwegs gegessen hatte, nicht ganz frei von Salmonellen gewesen. Der junge Mediziner verabreichte dem Patienten ein schwaches, aber ausreichendes Antibiotikum, und sagte ihm voraus, dass er in 36 Stunden wieder wohlauf sein werde. Und zu uns gewandt sagte er noch, dass Olaf wegen des Flüssigkeitsverlusts viel trinken solle, aber auf keinen Fall Alkohol, der seinen Magen kurzfristig zwar betäuben könne, doch den Heilungsprozess aufhalte – und dabei grinste er mich an, denn ohne Zweifel hatte er sowohl bei mir als auch bei meinem Bruder den verräterischen Atem wahrgenommen.

Als er gegangen war, saßen Susanne und ich im Wohnzimmer, da Olaf erschöpft war und Ruhe brauchte.

„Ich kann nicht verstehen", sagte sie nach einem unangenehm langen Schweigen, „dass er so unvernünftig sein konnte, trotz seiner Beschwerden Schnaps mit dir zu trinken."

„Gerade deswegen. Außerdem war ich der Übeltäter, denn ich habe den Whisky bereitgestellt." Dass ich es generell nicht gerne höre, wenn man guten Whisky als Schnaps bezeichnet, spielte in diesem Fall keine Rolle.

„Das weiß ich. Er hätte ihn dennoch nicht trinken müssen. Du hättest bestimmt eine Apotheke mit Nachtdienst ausfindig machen und dort Schmerztabletten besorgen können. Aber daran habt ihr eben nicht gedacht."

„Ja, du hast natürlich recht", gab ich zu, da mich ihre nüchterne frauliche Klugheit verlegen machte. Dagegen sind vom Alkohol beeinflusste Männerhirne schlichtweg machtlos.

„Jetzt ist es halt so, wie es ist", sagte sie und machte eine entsprechende Geste. „Er wird zum Glück bald wieder auf die Beine kommen. Und vielleicht hat die Sache ja auch etwas Positives gehabt."

„Was meinst du?"

„Na, er hat auf jeden Fall einmal wieder einige Stunden lang mit seinem Bruder verbracht und sich mit ihm unterhalten. Davon spricht er, seitdem ich ihn kenne, und gerade deshalb wollte er ja auch unbedingt in München diesen Zwischenhalt machen. Er sagte, das sei eine gute Gelegenheit dafür. Obwohl er zugleich auch ein bisschen skeptisch war, aber gewünscht hat er es sich sehr, ganz bestimmt."

„Ich weiß nicht, was ich dazu sagen soll", sagte ich dann doch nach einer kurzen Pause der Verwunderung. „Anscheinend hat er sich in letzter Zeit sehr verändert. Der Olaf, den ich kenne, hat sich um den Kontakt zu mir nie sonderlich geschert. Und plötzlich erfahre ich, dass er mich verehrt und sich kaum etwas sehnlicher erhofft hat, als endlich einmal mit mir zu plaudern. Ehrlich gesagt weiß ich wirklich nicht, was ich davon halten soll."

„Du solltest dich ganz einfach darüber freuen. Übrigens klingen seine Beschreibungen eurer Beziehung immer ein bisschen anders, als deine jetzt klingt. Er ist offenbar der Meinung, dass du derjenige bist, der überhaupt kein Interesse an einem Kontakt hat."

„Das ist klar. Darüber haben wir, glaube ich, in der letzten Nacht gesprochen. Es war wohl so, dass aufgrund der großen räumlichen und zeitlichen Distanz sich einige Missverständnisse verfestigen konnten. Daher habe ich nun auch ein kleines Problem damit, mich an eine derartig neue Sicht der Dinge zu gewöhnen.

Ich will dir auch nicht verschweigen, dass ich noch nicht vollkommen davon überzeugt bin, dass es einen grundlegenden Wandel wirklich gegeben hat."

„Du hast gerade gesagt, dass euch beiden wohl nur diese Missverständnisse im Weg standen, um zueinanderzufinden."

„Ja, ja. Es sieht zumindest so aus. Doch diese Schwierigkeiten der gegenseitigen Wahrnehmung sind zuerst einmal von uns selbst produziert worden, bevor sie solche dauerhaften Ausmaße annehmen konnten. Missverständnisse sind schließlich keine Importwaren aus fernen Ländern, sondern von den unmittelbar Beteiligten selbst und vor allem nicht völlig grundlos geschaffene Ansichten. Für die Probleme zwischen ihm und mir gibt es sogar eine ganze Menge von Gründen. Einer davon ist der große Altersunterschied. Ich war das Wunschkind meiner Mutter, die mich entsprechend aufzog und mir alles vermittelte, was ihre umfassende Bildung und ihre musischen Interessen sinnvoll erscheinen ließen, während der Herr Vater zur Arbeit ging und sich andernorts über den jähen Liebesentzug beschwerte. So wurde ich zu dem, was gemeinhin ein früh entwickeltes Kind genannt wird. Ich war neugierig, wissbegierig und intelligent, was sie befriedigte und geradezu entzückte, meinen Vater jedoch umso weniger zu Liebesbezeugungen mir gegenüber bringen konnte. Es dauerte dreizehn lange Jahre, und ich wundere mich immer noch, dass er so lange aushielt und nicht längst die Lust verloren hatte, bis meine Mutter zu einem zweiten Kind bereit war oder vielleicht auch nur einen schwachen Moment hatte. Jedenfalls wurde Olaf dann der erhoffte Vatersohn, dem sie zwar auch ihre Liebe, aber nicht ihr ausnahmsloses Interesse schenkte. So nahm mein Bruder eher das auf, was ihm sein Vater eintrichterte: *Nimm dir, was du kriegen kannst! Je einfacher, desto besser! Bücher lesen ist was für Eierköpfe, ein richtiger Mann muss kämpfen! Nur das zählt, was du sehen und greifen kannst, alles andere sind Hirngespinste! Treibe Sport, dann merkst du, was Erfolg ist!* Und so weiter. Primitive maskuline Parolen, nichts sonst. Die logische Konsequenz war, dass Olafs Persönlichkeit einen gänzlich anderen Einschlag erhielt als meine, nach einiger Zeit aber auch schon die ersten Risse aufwies, da er erleben musste, dass sich der Erfolg abseits des Sports eben nicht so schnell und leicht einstellte, wie ihm vorausgesagt worden war, während ich, der Eierkopf, der sich mit Dingen beschäftigte, die nicht ohne Weiteres zu sehen und zu greifen sind, beständig erfolgreich war und sogar die Nachbarn meinen Eltern dazu gratulierten, dass ihr großer Sohn ein solch gutes Abiturzeugnis geschafft hatte, dass dies in der Zeitung nicht nur am Rande, sondern gleich in einer Überschrift im Lokalteil gedruckt worden war. Ich denke, das hat ihm nicht gutgetan, den Unterschied zwischen Schein und Sein erleben zu müssen, ohne dass er es gedanklich zu verarbeiten wusste. Irgendwann wird er es aber eingesehen haben: Der Schein, das war unser Vater – das Sein, das war unsere Mutter."

Sie hatte mir regungslos zugehört und mich dabei angesehen. Nun schaute sie auf den Tisch und überlegte, was sie dazu sagen sollte.

„Ich wusste nicht, dass eure Eltern so verschieden sind", fing sie an, nachdem ihr Blick sich wieder auf mich gerichtet hatte, „und dass du die Mutter so verehrst und den Vater so geringschätzt. Das ist alles sehr interessant. Olaf hat mit mir noch nie darüber gesprochen, ihm ging es immer nur um euch beide."

„Er war sich nie darüber bewusst oder wollte es nicht sein, dass Mutter die wesentlichen Dinge des Lebens repräsentierte und Vater nur der ungebildete Gelegenheitsarbeiter an ihrer Seite war und die zwei wohl nur aufgrund des sexuellen Funkenflugs zueinandergefunden hatten und aus unerfindlichen Gründen so lange zusammenblieben. Olafs Unzufriedenheit war und blieb ausschließlich auf mich fixiert, da ich ihm naturgemäß stets voraus war. Und dass ich die Wahrheit kannte, aber kein Interesse hatte, dass er sie auch erfuhr, weil er sie, wie ich glaubte, ohnehin nicht begriffen hätte, ist der Grund für alle weiteren Missverständnisse."

„Du hast dich um ihn nicht gekümmert, da er dir zu jung und zu dumm vorkam und weil er der Lieblingssohn deines Vaters war, den du verachtet hast – war das so?"

„Ja. Ich weiß, dass dir das hartherzig und überheblich vorkommen muss. Aber es war so. Da er mir aus der ihm vom Vater antrainierten Ignoranz heraus kein Zeichen gab, dass er irgendetwas von mir erfahren wolle, ließ ich ihn links liegen. Und so lebten wir beide unser Leben, jeder für sich."

„Aber was ist mit den Eltern, wo sind die geblieben?"

„Hat er dir das nicht erzählt?"

„Ich habe ihn mehrmals gefragt, aber er schweigt beharrlich."

„Ha, das wundert mich nicht! Er würde wohl lieber nach Kambodscha reisen und dort Sprudelautomaten oder Waschmaschinen verkaufen als ihr gegenübertreten zu müssen. Sie lebt hier in München in einer Seniorenresidenz, wo sie sich wohlfühlt und ich sie regelmäßig besuche. Und von seinem tollen Vater gibt es nichts mehr zu erzählen, der hat sich vor vierzehn Jahren vor eine Kölner Straßenbahn geworfen, da er es nicht ertrug, dass seine Frau einen anderen Mann geheiratet hatte, der wesentlich klüger war als er, und dass sein Lieblingssohn auch nur ein Gelegenheitsarbeiter geworden war und kein stolzer Kämpfer, dem die Erfolge nur so zuflogen."

„Mein Gott – das habe ich alles nicht gewusst!"

„Tut mir leid, Susanne, ich hätte dir das nicht erzählen dürfen." Ich hatte bereits gemerkt, dass mir die Erinnerung an und das Erzählen über unseren Vater den schüchternen Ansatz zu einer etwas freundlicheren Einschätzung Olafs zu ersticken drohten. Ich war unvorsichtig gewesen und hatte zu viel und vor allem zu emotional drauflosgeplappert. Nun saß die Freundin meines Bruders auf dem Sofa vor mir und schien die Welt nicht mehr zu begreifen, die ihr gestern noch klar und hell vorgekommen war.

„Ach, nein, das ist schon in Ordnung", hörte ich sie unvermittelt sagen, als ob sie meine Gedanken gelesen habe, und erkannte da, wo eben noch eine erschrockene Miene gewesen war, ein ungetrübtes Lächeln. Sie legte sich die gefalteten Hände in den Schoß, lehnte sich ein wenig vor und hob dabei wie ein selbstbewusstes Mädchen den Kopf. „Ich kenne ihn ja noch nicht so lange, und alle Geheimnisse soll man ja auch nicht gleich auf einmal wissen. Ich war jetzt gerade neugierig, und du hast nur meine Fragen beantwortet. Mach dir also keine Gedanken, ich kann gut damit umgehen."

„Gut – dann bin ich ja beruhigt", brachte ich heraus und staunte doch nicht schlecht über die Ruhe und Souveränität der jungen Frau. Er, der ewige Versager, hatte da wohl tatsächlich das große Los gezogen!

„Ah... ich möchte dir noch eine Frage stellen", fiel mir plötzlich ein, „die ich selbst nicht beantworten kann – warum trägst du zwei Armbanduhren?"

„Na ja, das ist nur so ein Spleen. Meine Oma hatte viele schöne Armbanduhren, die mich faszinierten. Es ist ein eher dezenter, schöner und ja auch nützlicher Schmuck. Und ich habe seit langer Zeit schon so viele Armbanduhren, und es kommen ja immer neue dazu, dass es mir nicht reicht, nur eine zu tragen. Zwei

Stück, das ist das Mindeste, aber mehr geht natürlich auch nicht, denn drei auf einmal sehen schon wieder nicht so gut aus..."

In diesem Moment hörten wir ein Geräusch – und da stand Olaf in der Tür. Er lehnte am Rahmen und hielt sich an der Klinke fest, als er sagte: „He, ihr zwei, ihr seid immer noch hier? Warum seid ihr nicht draußen und genießt das schöne Wetter?"

„Bist du noch bei Trost? Was soll das denn heißen?", entfuhr es mir.

„Ach, ich meine doch nur, ihr braucht nicht auf mich aufzupassen. Ich musste nur mal eben wieder zum Klo, und da hab ich eure Stimmen gehört. Da krieg' ich ein schlechtes Gewissen, verstehst du? Ich schlafe heute sowieso nur den ganzen Tag... tut mir übrigens leid, Helmut, dass du uns doch nicht so schnell los wirst, wie das eigentlich geplant war."

Susanne war aufgestanden und nun bei ihm – allerdings mit einem kleinen Abstand, als könne sie sich bei einer Berührung anstecken.

„Du siehst immer noch nicht gut aus", stellte sie fest.

„Das ist dann ungefähr so, wie ich mich fühle."

Ich wunderte mich ein bisschen über die trockene Entgegnung, aber offenbar hatte die körperliche Schwächung ihn auch seelisch vorübergehend entspannt.

„Jedenfalls ist das Quatsch, was du da sagst", machte ich ihm meinen Standpunkt klar. „Falls du Hunger bekommst..."

„Falls das passiert", unterbrach er mich gleich, „weiß ich, wo deine Küche ist und das Toastbrot liegt. Falls ich Durst bekomme, habe ich Wasser und Tee auf dem Nachttisch, und das hat eben erst prima funktioniert. Und mit dem Klo komme ich schon seit gestern sehr gut zurecht. Und jetzt verschwindet. Irgendwie stört mich eure Gegenwart, denn so fühle ich mich kränker, als ich bin."

Das Antibiotikum scheint gut zu wirken, dachte ich.

„Okay, ich verstehe dich gut", sagte Susanne und legte eine Hand auf seine Schulter. „Wenn es dir wirklich nichts ausmacht, kann Helmut mir ja ein bisschen was von München zeigen."

„Ja, genau, macht das. Warum seid ihr noch nicht verschwunden?"

Er war schon wieder draußen, die Tür blieb offen. Susanne ging ihm hinterher. Ich hörte sie beide ein paar Sekunden lang tuscheln. Dann kam sie wieder und machte die Tür leise zu.

„Er meint das wirklich so, wie er es gesagt hat. Also, wie sieht's aus – was machen wir?" Diese Frage in diesem Augenblick erinnerte mich sofort an eine ähnliche Situation mit Brigitte, als die Umstände freilich nicht so ganz angenehm gewesen waren – und sie, nämlich Brigitte, mir ihre ebenfalls nicht leicht begreifliche Unternehmungslust ganz plötzlich offenbart hatte.

„Tja, ich weiß nicht..."

„Wir wär's denn, wenn wir eure Mutter besuchen? Die Frau interessiert mich brennend. Das ist doch bestimmt möglich, oder?"

„Sie ist aber nicht unbedingt eine Münchner Sehenswürdigkeit", wehrte ich mich vorsichtig.

„Interessiert mich trotzdem. Danach können wir ja dann zum Stachus gehen oder sonstwohin."

Sie wirkte nun richtig aufgedreht, und ich musste mich bemühen, mich in der von einen zum anderen Moment veränderten Lage zurechtzufinden.

„Na schön. Dann machen wir das so. Er wird ja wohl nicht sterben. Und ich werde das Telefon abdrehen, damit er nicht gestört wird." Was ich auch gleich tat.

Keine halbe Stunde später saßen wir in der U-Bahn. Ich erzählte ihr belangloses Zeug. Doch ein innerer Gedankenimpuls sagte mir voraus, dass der noch junge Tag – es war erst elf Uhr vormittags – sich in seinem weiteren Verlauf als ganz und gar nicht belanglos erweisen werde.

Acht

Bereits am Mittwoch, also dem Tag nach unserem ersten richtigen Treffen, war das Gefühl persönlicher Zuneigung zu Brigitte Falkenhagen wieder stark vorherrschend, wohingegen die Skepsis aufgrund des christlichen Symbols, das ihren schlanken Hals geschmückt hatte, mir nur noch wie eine schattenhafte Erinnerung erschien.

Ich saß am späten Vormittag in meinem Büro im Uni-Hauptgebäude und durchflog einen Bericht zum aktuellen Stand der „interkulturellen Germanistik", der mich allein schon deshalb interessierte, weil ich das besagte Projekt – ein Versuch, die traditionelle Wissenschaft der deutschen Sprache mit modernen, internationalen und interdisziplinären Impulsen auszustatten – seit einiger Zeit mit Spannung verfolgte. Als das Telefon klingelte und ich den Hörer abnahm, hatte ich den Kopf voll von Begriffen wie Xenologie und Kulturkomparatistik, hörte also nicht richtig hin und begriff daher auch nicht gleich, wer mich da gerade anrief. Doch dann erkannte ich die Stimme – und kippte mit der Vehemenz eines vollen und jäh umstürzenden Wasserglases von der akademischen in die reale Welt.

„Ach, Sie sind es! Woher kennen Sie denn meine Telefonnummer?"

„Die ließ sich relativ leicht erfragen. Da habe ich schon weitaus kompliziertere Recherchen erlebt. Sie scheinen sehr beschäftigt zu sein, oder täusche ich mich?"

„Ja, das heißt...", ich war in Gefahr, herumzustottern wie ein bei einer Missetat vom Lehrer erwischter Pennäler, zwang mich also zu sofortiger Konzentration, „... ich war eben in einen Aufsatz vertieft. Aber der wird jetzt nicht gleich davonfliegen. Sie brauchen also nicht zu fürchten, mir Zeit zu stehlen – im Gegenteil, Sie schenken sie mir."

Vorübergehende Stille.

„Hach, das haben Sie schön gesagt", hörte ich dann wieder ihre Stimme und beglückwünschte mich sogleich zu der schnellen Improvisation. „Und nun möchte ich Ihnen etwas vorschlagen: Haben Sie Lust, mit mir in eine Galerie zu gehen?"

Die Frage hatte ihren Ursprung zweifellos in dem Gespräch vom letzten Abend, bei dem wir unter anderem auch über die Kunstbände gesprochen hatten, denen sie eine kleine, aber hochinteressante Extraabteilung in ihrem Laden eingerichtet hatte.

„Gerne. Wo und wann denn?"

„In Bad Godesberg. Dort wird am Freitagabend eine Ausstellung des Kunstvereins eröffnet, wie ich eben erfahren habe. Wenn das ungünstig für Sie ist, können wir aber auch an einem anderen Tag hingehen."

Ich sah zur Sicherheit rasch auf meinen Wochenplan, der in der Freitagsspalte wie üblich keinen Eintrag vorwies.

„Nein, das passt ausgezeichnet. Ich bin dabei."

Wir verabredeten uns also erneut. Ich sollte zum Geschäftsschluss um sieben Uhr zu ihr kommen, und dann würden wir gemeinsam nach Godesberg fahren. Alles klar.

„Sie können selbstverständlich trotzdem jederzeit, wenn Sie möchten, in den Buchladen kommen", fügte sie noch schnell an, als fürchtete sie, ich könne auf die verrückte Idee kommen, die

Verabredung schlösse eine vorzeitige Begegnung aus. Und ich fand das, ehrlich gesagt, einfach großartig!

Es gelang mir aber tatsächlich, eine vorzeitige Begegnung zu vermeiden. Das lag zwar auch an der Arbeit, die ich während der zwei Tage zu bewältigen hatte, resultierte jedoch hauptsächlich aus der Überlegung, dass allzu zahlreiche, von mir ausgehende Kontakte mit Brigitte Falkenhagen bei ihr unter Umständen den Eindruck von Aufdringlichkeit, wenn nicht sogar einen gewissen Überdruss erwecken könnten. Weniger ist mehr, hieß in diesem Fall die Devise; und noch ein anderer schöner Spruch schien mir so passend wie beherzigenswert zu sein: Wer will was gelten, macht sich selten.

Natürlich fiel mir die Zurückhaltung alles andere als leicht. Dafür war ich am Freitag dann auch schon eine halbe Stunde vor der vereinbarten Zeit in ihrem Laden. Sie befand sich in einem Kundengespräch, winkte mir aber gleich fröhlich zu. Ich ging zum Regal mit den amerikanischen Romanen und schaute ziellos über die in allen Formen und Farben dort zusammengedrängten Bücherrücken. Dabei fiel mein Blick auf eine Ausgabe von Saul Bellows „Herzog" – ein dickes Buch, das ich nie gelesen hatte, aber aus zweiter Hand wusste, dass es von einem Universitätsprofessor handelt, der von seiner Frau sitzen gelassen wurde und mit seiner Arbeit nicht vorankommt, da er in selbstkritischen Grübeleien feststeckt. Ach ja, die Alma Mater und das Leben!

Gerade als meine Hand hochging, um das Buch aus dem Regal zu holen, kam Frau Falkenhagen zu mir.

„Lassen Sie das besser sein, das ist ein deprimierender, ein anstrengender Roman", sagte sie, lächelte aber dennoch.

„Sie haben ihn gelesen?", fragte ich sie überflüssigerweise, denn offenbar hatte sie das getan.

„Ja, vor ein paar Jahren. Aber ich möchte heute gar nicht mehr so viel über Bücher sprechen. Ich werde hier bald fertig sein, und dann können wir gehen. Schauen Sie sich bis dahin lieber einen der Romane von Kurt Vonnegut an", sie zog mich mit behutsamer Burschikosität einen Meter nach rechts und deutete nach unten. „Die sind auch nicht dumm, aber kürzer und witziger." Sie zwinkerte mir zu und war gleich wieder weg.

Diese Frau kannte sich in ihrer Materie gut aus, das stand fest. Ich kannte manches von Vonnegut wie auch von Bellow, aber so kurz und treffend wie sie hätte ich nichts davon zu charakterisieren vermocht. Mein Respekt vor ihr wuchs somit weiter an. In der verbleibenden Zeit blätterte ich also ein bisschen durch „Die Sirenen des Titan", einer Taschenbuchausgabe von 1984. Schon die ersten Sätze ließen sich, da hatte Brigitte Falkenhagen völlig recht, leicht und munter lesen:

„Heutzutage weiß jeder, wie man den Sinn des Lebens in sich selbst findet. Aber dieses Glück war der Menschheit nicht immer beschieden. Vor noch weniger als einem Jahrhundert hatten Männer und Frauen keinen so leichten Zugang zu den Rätselkästen in ihrem Innern. Sie konnten nicht einmal eine der dreiundfünfzig Pforten zur Seele nennen..."

Kurzerhand beschloss ich, das Buch zu kaufen. Es kam mir so vor, als hätte ich es schon einmal gelesen, wusste aber, dass ich es nicht besaß; außerdem war es sehr preiswert. Als ich zur Kasse kam, war der vorletzte Kunde soeben gegangen.

„Ich wollte Sie keinesfalls beschwatzen", sagte sie, als ich ihr das Buch gab, mit einem Hauch ehrlicher Verlegenheit. „Sie müssen es nicht kaufen."

„Das weiß ich. Ich will es aber. Ernste und tiefgründige Bücher habe ich genug zuhause, da kommt mir das hier gerade recht."

Das war also geklärt, und das Geschäft wurde erledigt. Mit allen anderen Verrichtungen war sie offenbar fertig, so dass wir den Laden verlassen konnten. Sie verschloss die Tür und sah mich unternehmungslustig an.

„Wir nehmen die U-Bahn, oder?"

„Ja, gut", sagte ich nur. Eigentlich hatte ich vermutet, dass wir mit ihrem Wagen fahren würden, aber ich hatte es schlichtweg versäumt, sie danach zu fragen, und es konnte sein, dass sie gar kein Fahrzeug besaß, und außerdem war es ohnehin die billigste und praktischste Lösung, die öffentlichen Verkehrsmittel zu benutzen.

Während der Fahrt unterhielten wir uns ein wenig über die Dinge, die wir während der vergangenen Tage getan hatten. Als wir in Godesberg angekommen waren und zur Galerie gingen, die sich mitten in der kleinen, aber noblen Fußgängerzone befand, sagte sie mir, dass sie über die Vernissage von einem befreundeten Künstler unterrichtet worden sei, der selbst auch ein paar eigene Arbeiten zeigen wolle. Sie würde ihn mir dann vorstellen.

In der Galerie herrschte eine Viertelstunde vor dem offiziellen Beginn der Vernissage bereits ein großes Gedränge. Eine bunte Menschenmischung, vermutlich überwiegend aus Vereinsmitgliedern, Kunstfreunden und Kurgästen bestehend, füllte die Räume und erschwerte die Betrachtung der ausgestellten Werke – Malereien, Grafiken und Skulpturen – ungemein. Meine Begleiterin sagte mir, dass dies hier so die Regel sei, denn nach der Begrüßung durch den Vereinsvorsitzenden und der Einführungsrede irgendeiner kenntnisreichen Person werde ein Büfett mit Häppchen und alkoholischen Getränken eröffnet, das stets sehr magnetisch wirke. Dann könne man sich die Kunstwerke aber etwas ungestörter anschauen.

Die Ansprachen, gehalten von einem gut aufgelegten, mit rheinischem Frohsinn nicht geizenden Vorsitzenden sowie einer spröden und leise sprechenden Kunsthistorikerin, deren Rede, soweit ich sie verstehen konnte, insbesondere an Wörtern wie „mannigfaltig", „relevant" und „visionär" festklebte, waren dann bald überstanden, und sogleich – wie es mir vorhergesagt worden war – verlagerte sich die Menge in Richtung des Büfetts, was uns zumindest im vorderen Raum etwas mehr Bewegungsfreiheit verschaffte.

Zu sehen waren hier kräftig leuchtende Farbkompositionen, merkwürdig verzerrte Frauenakte, mit Kohlestift gezeichnete Landschaftsbilder und ein paar überschlanke, hoch aufragende Tierfiguren aus Holz. Als wir eben vor einer dieser Figuren standen und ich eine Bemerkung dazu machen wollte, ertönte hinter uns ein fröhliches „Hallo, Biggi! Schön, dass du kommst!"

Sie ist bereits hier, fiel mir sofort dazu ein, ich wurde aber schon von der Präsenz eines Mannes abgelenkt, der meine Begleiterin umstandslos umarmte und Küsschen mit ihr austauschte, bevor sie den Gruß erwidern und mich ihm vorstellen konnte.

„Das ist Helmut Reimann, ein Germanist an der Uni – Herr Reimann, das ist mein Freund Bernhard."

Wir gaben uns die Hand, und während ich in das freundlich lächelnde Gesicht des Künstlers blickte, fühlte ich eine ziehende Kälte in der Brust, über deren Ursache kein Zweifel bestehen konnte: Sie hatte also einen Freund, und das war er.

Irgendwann standen wir dann auch am Büfett, das inzwischen keine Häppchen und auch keinen Sekt mehr darbot, aber immerhin noch Wein und Bier. Ich nahm mir sogleich ein Bier, „Bernhard und Bianca" – in meiner Frustration hatte ich ihnen, natürlich nur für mich, die Namen von Zeichentrickfiguren verliehen – zogen Rotwein vor. Die Galerie hatte sich inzwischen erkennbar geleert.

Während der letzten Minuten hatte uns Bernhard seine Werke zu erklären versucht: Es seien Bilder, die aus intensiven Momenten heraus entstanden wären, und diese emotionale Intensität spiegele sich insbesondere in der Verteilung und Dichte der jeweiligen Farben wider. Na gut. Was ich sah, waren jedoch nur vollkommen abstrakte, also gegenstandslose Acrylgemälde, deren Farben, zumeist Bonbonblau, Bonbonrosa und Hellgrau, weniger irgendetwas widerspiegelten als vielmehr viele freie Flächen übrigließen und somit, zugunsten des Künstlers interpretiert, Leichtigkeit und Offenheit übermitteln mochten oder, zuungunsten des Künstlers interpretiert, dessen emotionale Armut und Gedankenschwäche wiedergaben.

Doch ich machte selbstverständlich gute Miene zum unguten Spiel und ließ ab und zu wenigstens ein „Aha" oder ein „Ach ja" hören. Brigitte Falkenhagen bemühte sich indes, da die Mitteilungslust des Künstlers die Aussagekraft seiner Bilder weit übertraf und sie mir meine innere Distanz wohl doch anmerkte, mich nicht allzu sehr im Abseits stehen zu lassen. Also stupste sie mich gelegentlich in aufmunternder Absicht, zwinkerte mir zu oder versuchte mit scherzhaften Bemerkungen, mich in die Kommunikation einzubinden.

Unvermittelt gab Bernhard dann bekannt, dass er sich mit einigen Künstlerkollegen treffen wolle, wünschte uns mit einigem Winkewinke noch einen schönen Abend und eilte schließlich mit ausgreifenden Schritten davon. Ein Abgang mithin, der mindestens so überraschend ausfiel, wie ungefähr eine Stunde zuvor sein Auftritt gewesen war. Ich hatte mein drittes Bier in der Hand und starrte ihm hinterher, wobei ich merken konnte, dass sie mich dabei aufmerksam ansah.

„Ein verrückter Kerl, dieser Bernhard", wagte ich einen Versuch, jetzt, da wir seltsamer- und unerwartbarerweise wieder zu zweit waren, möglichst unbefangen zu klingen.

„Das stimmt. Er tut immer sehr frohgemut, obwohl er in Wirklichkeit doch große Probleme hat. Ihnen gefallen seine Bilder auch nicht sonderlich, geben Sie's ruhig zu."

„Hm, ja, ich gebe es zu. Aber was heißt denn hier: auch?"

„Auch mir gefallen sie nicht, heißt das, und vielen, viel zu vielen anderen Leuten ebenso wenig. Das ist eins seiner Probleme. Er kann von seiner Kunst nicht leben."

Ich brachte kein Wort heraus, konnte nur vorsichtig nicken. Was bedeutete das alles?

„Er gibt noch Unterricht an einer Kunstschule und hier und da Privatunterricht für ambitionierte Senioren", fuhr sie fort. „Und für Kurgäste bietet er auch noch Schnellkurse an. Aber das ändert nicht viel daran, dass er eigentlich ein Sozialfall ist. Mal ganz abgesehen davon, dass er sehr krank ist." Sie machte eine kurze Pause. „Er hat Krebs."

Jetzt war ich vollkommen sprachlos. Dieser so offenherzige, „aus sich heraus" wirkende Mensch war schwer krank – und sie sagte mir, einem eigentlich Fremden, das in einem Ton, als sei es zwar bedauerlich, aber daran eben nicht viel zu ändern. Nein, diese Freundschaft konnte nicht das sein, was ich bis eben noch geglaubt hatte.

„Ja, und... man kann ihm da nicht helfen?"

„Wie es aussieht – nein." Plötzlich ging ein Ruck durch sie hindurch, und ihr Gesicht nahm wieder den Sonnenglanz an, den ich so mochte. „Aber lassen wir uns davon jetzt nicht den Abend eintrüben, dafür ist er noch zu jung. Was wollen wir tun? Hier noch ein paar Flaschen leersüffeln oder woanders hingehen?"

Neun

Mit ihren 72 Jahren ist meine Mutter in körperlich angemessener, geistig allerdings überdurchschnittlicher Verfassung. Das liegt insbesondere daran, meine ich, dass sie sich nach dem Studium zwar keiner Berufstätigkeit, sondern dem Mutterdasein gewidmet hatte, aber gleichwohl geistig stets beschäftigt blieb. So hatte sie es keineswegs nur meinen Lehrern überlassen, mir die fürs Leben erforderlichen Betrachtungsweisen und Kenntnisse nahezubringen. Nein, sie hatte sich eingemischt, wann immer es ihr nützlich und notwendig vorgekommen war. Während meiner Jahre am Gymnasium, als es in den humanistischen Fächern zunehmend um Interpretationen und Wertungen gegangen war, hatte sie sich auch nicht gescheut, die mir im Unterricht vermittelten Ansichten einer strengen Revision zu unterziehen und bei Bedarf zu korrigieren. Da ich von ihrer einschlägigen Kompetenz überzeugt gewesen und mir ihr Urteil stets fundiert und einleuchtend erschienen war, hatten sich daraus nicht selten Diskussionen mit dem jeweils betroffenen Lehrer ergeben, die entweder mit einem Patt oder, und das war häufiger der Fall, mit einem Sieg der Reimannschen Position endeten.

Ich hatte uns telefonisch bei ihr angemeldet. Sie mag keine Überraschungsbesuche, denn sie will sicher sein, adrett auszusehen, bevor sie Gäste empfängt.

Sie freute sich über unser Kommen und zeigte sich gerade gegenüber Susanne sehr warmherzig und aufgeschlossen, obgleich sie bis zu diesem Tag noch nichts von ihr gehört hatte, so wie sie von Olafs diversen Frauenbekanntschaften in der Regel nur äußerst selten – und wenn, dann von mir – etwas erfahren hatte.

„Sie sind also Olafs neue Freundin", stellte sie fest.

Susanne nickte bloß.

„Und er hat sich den Magen verrenkt, der arme Kerl", fuhr sie fort, die Informationen, die sie von mir erhalten hatte, zu wiederholen, als ob sie sich diese bestätigen lassen wolle.

„Ja, aber er ist schon auf dem Weg der Besserung. Er braucht nur Ruhe und Schlaf, und darum hat er uns praktisch aus der Wohnung geworfen", fasste Susanne alles Weitere zusammen.

„Und du hast dich von dem Unglücksraben einfach so aus deiner eigenen Wohnung werfen lassen?", fragte mich meine Mutter, grinste aber dabei.

„Ich bin der Einsicht gefolgt, dass er so schnell wie möglich gesund werden sollte, damit er die Fahrt fortsetzen kann", antwortete ich, ebenfalls grinsend – was vor allem ein Signal an meine Begleiterin war, diese Worte ja nicht allzu ernst zu nehmen.

Wir saßen am Tisch in der aufgeräumten Wohnstube und tranken Tee, und durch die großflächigen Fenster fiel warmes Vormittagslicht auf uns.

„Darf ich Sie fragen, meine Liebe, was Sie beruflich tun?"

„Selbstverständlich. Ich bin Anwaltsassistentin in einer großen Kölner Kanzlei", kam die Antwort prompt.

„Das ist gut. Dann können Sie Olaf gewiss den einen oder anderen nützlichen Rat geben, wie man Verlockungen des Lebens nüchtern und kritisch betrachten sollte, um möglicherweise daraus resultierende Schwierigkeiten zu vermeiden."

„Wir unterhalten uns eigentlich nicht so oft über meine Arbeit", sagte Susanne, und ich ahnte, dass ihr die Frage meiner Mutter ein wenig seltsam vorkam.

„Möchten Sie ihn nicht damit behelligen oder interessiert er sich nicht dafür?"

„Ich weiß nicht, vielleicht ist es ein bisschen von beidem."

„Das ist schade. Wenn man verliebt und zusammen ist, sollte man doch nach Möglichkeit über alles sprechen, womit man zu tun hat, sowohl privat als auch beruflich, nicht wahr?"

„Das stimmt schon. Wir kennen uns aber erst seit relativ kurzer Zeit, und wir wohnen auch nicht zusammen. Aber wenn wir uns treffen, reden wir immer viel miteinander – vor allem auch über Helmut." Diesmal war sie es, die mir mit einem leichten Grinsen ein Signal gab.

„Das verstehe ich." Meine Mutter war über die letzte Bemerkung nicht im Geringsten erstaunt. Sie wusste sehr gut, dass Olaf seit jeher, wenngleich in einer schwer durchschaubaren Art, geradezu von mir besessen war. „Aber Sie, meine Liebe, wissen über die berufliche Tätigkeit ihres Freundes bestimmt Bescheid, nicht wahr?"

Wenn Susanne über die Fragen irritiert war und sich daher unwohl fühlte, so war ihr das nicht anzusehen, denn sie zeigte nach wie vor ihr sympathisches Lächeln.

„Er hat ein Geschäft für Telekommunikation. Seine Arbeit macht ihm Spaß, und das Geschäft läuft sehr gut."

Meine Mutter warf mir einen kurzen Blick zu, den ich ohne große Schwierigkeiten sogleich übersetzen konnte: *Wenn das stimmt, was er ihr da erzählt hat und was sie auch zu glauben scheint, dann will ich Schulze heißen!*

„Das hört man gern", sagte sie aber nur und schien im nächsten Augenblick jedes weitere Interesse an dem Thema verloren zu haben. „Das Wetter ist sehr schön, und ich würde es bedauern, wenn ihr zwei noch länger darauf verzichtet, es zu nutzen, nur weil ihr glaubt, mir Gesellschaft leisten zu sollen."

„Das klingt ja fast so", sagte ich, „als wolltest du nun diejenige sein, die uns rauswirft."

„So ist es. Was Olaf kann, kann ich schon lange", erwiderte sie und lachte.

Auf dem Weg zum Karlsplatz, den sie – obwohl ich ihr gesagt hatte, dass dort nichts sonderlich Interessantes zu finden sei – unbedingt sehen wollte, erklärte mir Susanne, dass ihr die kurze, aber intensive Begegnung mit der alten Dame gut gefallen habe.

„Sie ist eine starke Persönlichkeit, und sie ist sehr klug, aber das wusste ich schon vorher. Ihr Interesse an mir hat sie nicht unter irgendwelchen Floskeln versteckt, sondern ganz offen geäußert. Das imponiert mir. Außerdem versteht sie es, sich gewählt auszudrücken. Ihr zwei seid euch wirklich sehr ähnlich."

„Ich bin noch nie auf den Gedanken gekommen, dass ich einer Zweiundsiebzigjährigen ähneln könnte. Wie furchtbar."

„Du Scherzkeks!" Sie grinste und boxte mich leicht gegen den Oberarm. „Du weißt schon, was ich meine. Man kann jedenfalls leicht erkennen, dass du sehr viel von ihr hast und dass du tatsächlich ihr Lieblingssohn bist. Denn von Olaf scheint sie keine allzu hohe Meinung zu haben."

„Dafür gibt es auch keinen triftigen Grund. Weder hat er sie schon einmal besucht, noch hält er es für nötig, sie anzurufen. Nur zwei oder drei Ansichtskarten hat er ihr während der letzten fünf Jahre geschickt. Das ist ja auch unverbindlich genug, da braucht er nicht mit ihr zu sprechen."

„Ich habe wirklich nicht gewusst, dass es um das Verhältnis der beiden so traurig steht."

Traurig – ja, das war das richtige Wort. Ich sah das Verhältnis meines Bruders zur Mutter als miserabel und sein Verhalten ihr gegenüber als erbärmlich an. Doch das Adjektiv traurig erfasste noch mehr die menschliche Dimension dieser Angelegenheit.

„Ja. Nun lassen wir das allmählich mal beiseite", sagte ich, da wir soeben in die U-Bahn-Station einfuhren, die unser Ziel war. „Du willst ein sommerliches München sehen, und daher sollst du es jetzt auch sehen."

Nachdem sie kinderäugig das Karlstor bestaunt hatte, bewegten wir uns langsam durch die Neuhauser Straße, die der sommerliche Samstagmittag vor schierer Menschenmasse fast überquellen ließ.

„Möchtest du dir die Frauenkirche anschauen?", fragte ich sie, um gegebenenfalls rechtzeitig die entsprechende Richtung einschlagen zu können.

„Ach, das muss nicht sein. Kirchen interessieren mich nicht so sehr. Was würdest du mir denn gerne zeigen?"

„Wir steuern in Richtung Marienplatz, der eigentlich recht sehenswert ist. Und nicht weit davon entfernt befindet sich der Viktualienmarkt, der ein unbedingtes Muss ist und wo wir mit etwas Glück einen Platz finden und ein Bier trinken werden."

„Ja, prima, so machen wir das", sagte sie fröhlich.

Wegen des hohen Geräuschpegels um uns herum war ich nicht in der Pflicht, gleich wieder etwas zu sagen, was mir somit Gelegenheit gab, meine akute Verblüffung zu kanalisieren. *Kirchen interessieren mich nicht so sehr!* – das war eine ebenso einfache wie überraschende Information. Und sie hatte sie mir ganz beiläufig gegeben. Das hatte meine Verblüffung erst richtig zur Entfaltung gebracht, denn bei den meisten Gesprächen, an die ich mich zumindest vage erinnere – wobei ich die Gespräche mit Brigitte, die sich darum drehten, an dieser Stelle ausklammern muss –, war das Thema, sobald man es auch nur angetippt hatte, entweder ganz oder gar nicht wichtig gewesen. Hier aber war es offenbar eine Nebensache, denn man konnte vielleicht darüber reden, aber das musste nicht sein!

Ich war mir sicher, dass ihr mangelndes Interesse an der Kirche als Bauwerk einem mangelnden Interesse an der Kirche als Institution und damit an der Religion überhaupt entsprach. Kein religiöser Mensch sagt, dass ihn Kirchen nicht so sehr interessierten. Zumindest ist es sehr unwahrscheinlich.

Wusste Olaf davon? Vielleicht, vielleicht auch nicht. Er hatte mir gegenüber ab und an eine leichte metaphysische Neigung zu erkennen gegeben, wobei dies Situationen gewesen waren, in denen er wieder nicht so recht gewusst hatte, was er tun sollte. Dass er jemals mit einem seiner Mädchen über Religion diskutiert haben könnte, erschien mir abwegig. Er ist zu sehr Materialist, um ernsthaft über Spiritualität nachdenken zu wollen. Insofern, das musste ich in diesem Moment zugeben, passten die beiden also doch ganz gut zueinander.

Es dauerte eine halbe Ewigkeit, bis wir den Marienplatz erreichten. Hier warteten zahllose desinformierte Touristen, der Großteil davon Asiaten, auf das Glocken- und Figurenspiel am Rathaus. Doch das war bereits seit über einer Woche außer Betrieb. Susanne bewunderte die verspielte Architektur des Gebäudes und das Gepräge des ganzen Platzes, obgleich es ihr ebenso wie mir gut gefallen hätte, mehr Bewegungsfreiheit zu haben.

So ließen wir uns weiter zum Viktualienmarkt treiben, wo das Drängen und Gedrängtwerden keinesfalls nachließ, aber das farbenprächtige Angebot der verschiedenen Sorten von Obst, Gemüse, Käse, Wurst, Brot und Wein stellte für Susanne eine noch nie gesehene Attraktion dar. Mit ein bisschen Geduld fanden wir dann schließlich im Biergarten einen Tisch, an dem gerade zwei Plätze frei wurden.

„Trinkst du auch ein Bier, oder willst du etwa einen Tee?", fragte ich sie.

„Ha, keine Angst, Helmut – wenn ich schon mal hier bin, trinke ich natürlich auch ein Bier", rief sie aus ihrem lachenden Gesicht heraus.

Nach einigen Minuten war ich zurück, stellte die Krüge auf den Tisch und setzte mich zu ihr. Die uns zur Verfügung stehende Sitzfläche der Bank war so knapp bemessen, dass sich unsere Arme und Beine unvermeidbar aneinanderrieben – aber ich will und kann auch nicht behaupten, dass mir das unangenehm gewesen sei.

Uns gegenüber saß ein älteres Ehepaar, das uns freundlich, aber unverhohlen musterte. So kamen wir nach kurzer Zeit zwangsläufig ins Gespräch. Zunächst wechselten wir ein paar Worte über das schöne Wetter, das die Menschen auf die Straßen und in die Biergärten treibe, über den Pferdemetzger, der hier auf dem Markt schon seit Jahrzehnten sein Geschäft betreibe, und über die japanischen Touristen, denen die Münchner Innenstadt wohl wie die deutsche Version von Disneyland vorkomme. Endlich stellte die Frau die Frage, die ich schon erwartet hatte.

„Sie sind aber auch nicht von hier, oder?"

Viele Bayern haben ein gutes Gehör für Dialekte. Schnell erkennen sie den Norddeutschen, den Schwaben und den Hessen, gegen die sie in der Regel nichts haben. Noch schneller aber erkennen sie den Franken, den Österreicher und den Rheinländer, gegen die sie in der Regel zumindest einige Vorbehalte haben. Also entschloss ich mich, unsere Herkunft nicht völlig zu verleugnen, darauf aufbauend jedoch eine hübsche Geschichte zu erfinden.

Wir seien Künstler aus Düsseldorf, erzählte ich, und von der lebendigen und interessanten Münchner Kunstszene angelockt worden. Während ich schon seit einem Jahr in Haidhausen lebte, sei sie erst vor wenigen Tagen hierhergezogen, weshalb ich sie nun ein bisschen herumführte und ihr die sehenswertesten Flecken der Stadt zeigte.

Nein, in der Öffentlichkeit seien wir bislang noch nicht so bekannt, dafür aber in Insiderkreisen – unter den Künstlernamen Lila Nozière und Fritz Carraldo. Insbesondere seien es Lilas vor einiger Zeit in Düsseldorf gemalte Bilder, auf denen unter anderem Katzenkot und Taubenblut zum Einsatz gekommen wären, um die überall auf der Welt vorfindbare Hässlichkeit und Gewaltsamkeit zu veranschaulichen, die auch bei Münchner Kunstfreunden Interesse gefunden hätten.

Ja, man könne durchaus von der Kunst leben, wenn man keine allzu hohen Ansprüche ans materielle Leben stellte; zudem fänden sich immer irgendwelche großherzigen Menschen, gerade in dieser Stadt, die einem unter die Arme griffen, handele es sich dabei auch nur um etwas zum Essen und Trinken.

An dieser Stelle schien die Neugier des Mannes und der Frau befriedigt zu sein. Da sie ihre Gläser inzwischen geleert hatten, erhoben sie sich, bedankten sich respektvoll für das Gespräch und wünschten uns weiterhin viel Erfolg – das heißt: vor allem die Frau tat dies, denn der Mann hatte sich bis zuletzt überwiegend in Schweigen gehüllt, nur ab und an leise gegrunzt, zögerlich genickt oder den Kopf geschüttelt. Dann strebten sie fort.

„Also, auf den Erfolg", sagte ich mit dem Bierkrug in der erhobenen Rechten zu Susanne.

„Ja", sagte sie nur und stieß mit mir an, wobei ihr schmales Grinsen mir keinerlei eindeutige Informationen zukommen lassen wollte.

Liebesfeier

An ihren bunten Liedern klettert

Die Lerche selig in die Luft;

Ein Jubelchor von Sängern schmettert

Im Walde voller Blüt' und Duft.

Nikolaus Lenau
(Auszug)

Zehn

Ich hatte mich damals natürlich geirrt. Bernhard, der ein paar Jahre später tatsächlich an Knochenkrebs starb, war zwar mit ihr befreundet gewesen, aber eben nur so, wie man mit jemandem befreundet ist, den man gelegentlich sieht, gern hat, aber darüber hinaus keine nähere Verbindung hat und haben will. Für solcherlei Nuancierungen war ich aufgrund meines heftigen Verliebtseins blind gewesen und hatte alles missverstanden – was sie zu bemerken, sehr einfühlsam zu überspielen und schließlich auch mehr als nur zu reparieren auf eindrucksvolle Weise imstande gewesen war.

In der Galerie hatten wir nur noch die Zeit verbracht, die erforderlich war, um unsere Gläser zu leeren. Sodann hatten wir uns entschieden, nach Bonn zurückzufahren, da sie in Godesberg keine gemütliche Lokalität kannte, die, da es schon nach zehn Uhr war, noch geöffnet war. Auf der Fahrt zurück hatte sie mir dann vorgeschlagen, noch „auf ein Schlückchen" zu ihr mitzukommen. Sie wohnte in einer Seitenstraße der Poppelsdorfer Allee, wohin man von der U-Bahn-Station ohne größere Schwierigkeiten mit dem Bus gelangen konnte.

Ihre Altbauwohnung im zweiten Obergeschoss erschien mir so geschmackvoll und trotzdem gemütlich mit Jugendstilmöbeln, Tiffany-Lampen, Bildern, Büchern und weiteren interessanten Details ausgestattet, dass ich mich darin sofort wohlfühlte. Allerdings war die Dominanz der blauen Farbe in all ihren Varianten nicht zu übersehen. Blau war ihre „absolute" Lieblingsfarbe, was sie mir später einmal so erklärte: „Blau ist die Farbe des Himmels, des Gedankens, der Idee – diese Farbe umgibt und erfüllt uns. Und außerdem, vergiss das nicht, ist sie die Farbe der Hoffnung!"

Brigitte flirrte umher, plapperte aufgeregt hiervon und davon, berichtete mir dieses und jenes und stellte schließlich ungefragt eine Flasche Armagnac auf den Tisch, womit ich bereits gerechnet hatte. Also tranken wir erst einmal ein Schlückchen, und dann begann sie, richtig zu erzählen. Es dauerte, soweit ich mich erinnere, nur wenige Minuten, bis sie die Katze aus dem Sack ließ.

„Ich bin übrigens geschieden. Seit drei Jahren."

Ich sagte nichts dazu.

„Walter und ich waren auch nur drei Jahre lang verheiratet. Ich hatte ihn mit dreiundzwanzig kennengelernt und war gleich auf ihn hereingefallen. Ich war ein dummes Huhn. Er war nicht ganz unattraktiv, zugegeben, aber er bluffte ohne Ende. Von wegen Makler. Das klang wichtig. Aber er war nur ein simpler Versicherungsvertreter, ein Türklinkenputzer also. Ich war so dumm…"

Wir saßen nebeneinander auf ihrem schicken Sofa, und als sie die Hände vors Gesicht legte, verspürte ich den heftigen Drang, sie zu umarmen und so zumindest ein wenig zu trösten – ganz unabhängig davon, dass ich bei ihren Worten über diesen Walter an Olaf denken musste. Doch ich verbot es mir. Nein, das war kein geeigneter Zeitpunkt. Sie fasste sich dann auch gleich wieder.

„Er liebte mich. Und er wollte Kinder haben. Aber ich kann keine Kinder bekommen. Die Sache war also von Anfang an zum Scheitern verurteilt. Und das ist auch gut so. Mit solch einem Menschen hätte ich nie und nimmer über Jahrzehnte hinweg zusammenleben können. Jetzt weiß ich das. Damals wusste ich das noch nicht." Plötzlich ging wieder ein sichtbarer Ruck durch ihren Körper. Sie hatte die ganze Zeit über in die Luft gesprochen, und nun drehte sie sich endlich zu mir um. „Mein Gott, jetzt plärre ich Sie voll mit Sachen, die Sie natürlich nicht im Geringsten interessieren. Das ist mir jetzt sehr peinlich – können Sie mir noch mal verzeihen?"

Da sie mir gerade ihre linke Hand auf den Oberarm gelegt hatte, ergriff ich diese und hielt sie fest.

„Es gibt hierbei nichts Peinliches und nichts zu verzeihen. Ich fühle mich ja eher geschmeichelt, dass Sie mir gegenüber so viele private Dinge äußern." Ich kam mir in diesem Moment so vor wie der Held in einem kitschigen Liebesfilm, doch ich weiß, dass mir das nicht unangenehm war. Nein, das war es bestimmt nicht.

„Ja. Wir kennen uns noch gar nicht so richtig – und schon flenne ich Ihnen was vor. Aber komischerweise sind Sie, abgesehen von meiner Schwester, der erste, der mich so erlebt. Nach der Scheidung, meine ich. Vielleicht ist es aber auch gar nicht so komisch. Ich weiß nicht."

Sie war betrunken. Sie machte mir ein Kompliment nach dem anderen und wusste das wahrscheinlich gar nicht. Das war alles nett und in positiver Weise informativ, aber ich musste nun allmählich aufpassen, dass es nicht doch noch eine peinliche Angelegenheit wurde. So dachte ich, bevor sie mich eines anderen belehrte und mir zuvorkam.

„Seit ein paar Tagen hab ich mich ein bisschen verändert, glaube ich", sagte sie, und eine zuvor ungehörte Energie klang da plötzlich aus ihren Worten. „Ich muss mich bei Ihnen bedanken, Herr Reimann. Vor allem auch deshalb, weil ich merke, dass Sie ein Ehrenmann sind."

Diesmal begriff ich sofort – und erhob mich.

„Danke. Und ich danke Ihnen auch für den Abend. Vielleicht sehen wir uns ja mal wieder", brachte ich unter viel Konzentration auf das nun Angebrachte zustande. Um auch ja keinen Zweifel aufkommen zu lassen, bewegte ich mich schon ein wenig zur Wohnungstür hin.

„Darauf können Sie wetten!" Nun stand sie auch auf und folgte mir. Als ich an der Tür war, hatte sie mich eingeholt, legte mir sehr lässig eine Hand auf die Schulter und hauchte dann noch: „Sie sind ein interessanter Typ."

Den Bruchteil einer Sekunde später war ich im Treppenhaus, nach dem nächsten Sekundenbruchteil schon auf der Straße – und ich atmete durch! Was für ein Abend, was für sonderbare Entwicklungen und Momente, Irrungen und Wirrungen! Und, dennoch und vor allem: Was für eine Frau!

Ich genoss die milde Oktoberluft und entschloss mich, auf den Bus zu verzichten und zu Fuß nachhause zu gehen. Bis zu meiner Wohnung in der Bornheimer Straße brauchte ich dann zwanzig Minuten, in denen ich durch Universen reiste, die mir fantastische, verführerische Bilder boten und mich Schauspiele sehen ließen, die auf endlosen, mit dem Licht von Galaxien ausgestrahlten Bühnen stattfanden, wohinzu ich die ebenso komplexe wie leichte Musik ätherischer Orchester hören konnte. Als ich schließlich ankam, war ich durch Äonen hindurchgegangen und fühlte mich jünger als je zuvor.

Am nächsten Abend lagen wir bei ihr im Bett.

Am Abend darauf lagen wir bei mir im Bett.

Nicht ganz zwei Jahre später heirateten wir.

Zwei weitere Jahre später begegnete ich Vera Kanzloff.

Ein Jahr danach begegnete ich Courtney Jameson.

Achtzehn Jahre nach jenem Abend in der Galerie war Brigitte tot.

Ein Jahr danach kam Susanne.

Ja: so ist das Leben.

Elf

„Das war ziemlich schräg, was da gerade ablief."

„Ich weiß. Aber ich wollte uns die beiden vom Hals schaffen, sie waren mir lästig. Tut mir leid, wenn dich das sehr irritiert haben sollte."

Inzwischen saßen uns zwei junge Italienerinnen gegenüber, die – als müsse es so sein – wie aufgedreht miteinander plapperten, uns darüber hinaus aber nicht störten.

„So hab' ich das nicht gemeint, Helmut. Ich bin bloß überrascht... ja, überrascht darüber, wie schnell und wie leicht du anderen Menschen etwas vorspielen kannst. Und zwar so, als wäre es die normalste Sache der Welt. Ich hab' nur ganz sprachlos zuschauen können... aber das hast du ja gemerkt, du hast mich ja dazu gar nicht gebraucht."

„Du hättest gerne mitspielen dürfen."

„Niemals hätte ich das gekonnt! Und ich hätte es bestimmt verpfuscht. Das war ja ganz und gar deine Idee, da wollte und durfte ich mich überhaupt nicht einmischen. Wieso aber, das muss ich dich jetzt fragen, kommen wir denn aus Düsseldorf?"

„Weil das für einen Münchner besser klingt als Köln. In Düsseldorf gibt es die Modewelt, das glitzernde Leben, und da sind schrille, verrückte Leute. In Köln gibt es nur die simplen, aufdringlichen, laut lachenden Millowitsch-Typen. Die mag man hier nicht."

„Oje, so denkt man hier über uns?"

„Ja. Jedenfalls Herr und Frau Huber, die du eben kennenlernen durftest."

„Und wie kommst du auf diese Namen – Fritz Dingsbums und Lila Nochwas?"

„Die habe ich mir aus Filmtiteln ausgeliehen und ein bisschen abgewandelt. Da ist dieser Werner-Herzog-Film, in dem Klaus Kinski den irren *Fitzcarraldo* spielt, der mit einem Schiff über die Berge will. Und da ist *Violette Nozière*, ein Film von Truffaut, glaube ich... ah, nein, von Chabrol ist er. Sie bringt ihren Vater um, und ich habe aus violett kurzerhand lila gemacht."

„Das ist mir jetzt zu viel auf einmal, fürchte ich", sagte sie und trank einen großen Schluck Bier.

„Entschuldige, Susanne, aber du wolltest es wissen."

„Stimmt auffallend, und..." – plötzlich lachte sie los, so laut und heftig, dass selbst die beiden Apennintöchter ihre angeregte Unterhaltung kurz unterbrachen, zu ihr herüberblickten und dann verständnisvoll lächelten – „... hast du das Gesicht von dem Mann noch im Kopf, wie komisch es ausgesehen hat, als du das mit dem Katzenkot und dem Taubenblut gesagt hast? Er muss sich das im selben Augenblick vorgestellt haben, so sah das aus, einfach zum Schreien..." Sie beruhigte sich aber gleich wieder, stellte das Glas zurück auf den Tisch und wischte sich über die nassen Stellen auf ihren Jeans, die das übergeschwappte Bier hinterlassen hatte. „Mann, du bist wirklich ein Scherzkeks", keuchte sie und stieß mir schwungvoll ihren rechten Zeigefinger zwischen die Rippen.

„Autsch!"

„Das war für deine verrückte Eskapade. Nun sind wir quitt", erklärte sie mir und hatte längst wieder ihr wunderbares Lächeln aufgesetzt, das mich wohl auch für den Pikser entschädigen sollte. „Übrigens bekomme ich allmählich Hunger."

„Na, dann essen wir eben. Was darf's denn sein – Leberkäs, Fleischpflanzerl oder Stockerlfisch?"

„Hach, ich glaube, ich habe Lust auf was Richtiges, und mir wird's langsam auch zu heiß hier draußen. Können wir nicht in ein gemütliches Lokal gehen, wo vielleicht auch nicht ganz so viele Leute sind?"

Ich dachte nach: In der Nähe gab es kaum etwas Geeignetes außer dem Pschorr-Brauhaus, aber das war zu groß und jetzt wohl auch voll; günstiger war die Lage in Schwabing, wo ich mich wegen der geringen Entfernung zur Universität auch besser auskannte; dort waren am Samstagnachmittag nicht so viele Studenten und noch weniger Touristen oder Huber-Bayern vorzufinden.

„Ich kenne da was", sagte ich zu ihr, als mir die passende Lokalität eingefallen war. „Wir brauchen nur ein paar Stationen mit der U-Bahn zu fahren."

Wie ich es erwartet hatte, saßen im *Wolpertinger* in der Türkenstraße nur wenige Gäste. Es war angenehm leise und frisch in der Gaststube, und wir setzten uns an einen Ecktisch, auf dem die Speisekarte schon bereitlag und aus einem steinernen Krug vielversprechend die Essbestecke und Servietten herausragten.

„Toll hier", flüsterte Susanne fast andächtig ihren Kommentar zu der tatsächlich urgemütlichen Einrichtung des Lokals und griff sogleich zur Karte. „Was nehmen wir denn da..."

Während sie das Angebot des Hauses prüfte, kam die Bedienung, die vermutlich eine Studentin war, schon zu uns und fragte, was wir zu trinken wünschten.

„Ein Dunkles", sagte ich.

„Was ist das, Helmut?", fragte mich Susanne gleich und legte mir dabei ihre Hand auf den Unterarm.

„Ein dunkles Exportbier, auf keinen Fall also ein Alt", erklärte ich ihr.

„Gut, dann nehme ich auch so ein Dunkles", sagte sie mit großer Entschiedenheit zu der jungen Frau, die mit einem frechen Grinsen verschwand, – und dann zu mir, immer noch ihre Hand auf meinem Arm: „Ich will jetzt nichts hören! Es macht mir nämlich wirklich einen Riesenspaß, mit dir durch München zu ziehen und Sachen zu sehen, von denen ich bisher nur gehört habe, und diese Bierromantik zu erleben und dazu natürlich auch echtes bayerisches Bier zu trinken. Ich möchte also nicht, dass du die Frau, die mit deinem kleinen Bruder hier aufgekreuzt ist, aus irgendeinem Pflichtgefühl heraus jetzt bremsen oder sonstwie mäßigen willst. Ist das okay?" Ihre Hand drückte mich bei diesen Worten recht fest.

Ihre spontane Mahnung traf mich völlig unvorbereitet. Nicht im Traum hätte ich daran gedacht, ihr irgendwelche Maßregeln vorzuhalten. Ganz im Gegenteil: Ich war sehr angetan davon, dass sie sich freute, und ich genoss ihre Freude in vollen Zügen! So ungefähr sagte ich es ihr dann auch.

„Prima." Ihr Handdruck ließ nach, und ihr Gesicht strahlte wie der offene Sommerhimmel, dem wir gerade entflohen waren. „Das habe ich gehofft. Weißt du, du bist natürlich der große Boss, und wir haben einen höllischen Respekt vor dir. Aber allmählich merke ich, dass du eigentlich kein furchteinflößender Professor bist, sondern ein ganz feiner Kerl, auch wenn du gestern zuerst ziemlich griesgrämig gewirkt hast. Das lag wahrscheinlich daran, dass du deine Arbeit unterbrechen musstest, oder?"

„Hm." Ihre direkte Art, ihr Lächeln, ihr Hang zu spontanen Berührungen – das alles erinnerte mich an eine andere Frau. Ja:

an sie... – und da kam schon die junge Bedienung und stellte schwungvoll die beiden überschäumenden Bierkrüge mitten in unsere empfindliche Gesprächssituation hinein.

„Möchten's was zum Essen?"

Susanne hatte ihre Wahl offenbar schon längst getroffen.

„Ja. Ich möchte eine Haxe."

„Sekunde", bat ich um Geduld, um mich doch gleich nach einem flüchtigen Blick auf die Karte festzulegen. „Nun gut, ich nehme einen Leberkäs mit Brot."

„Geht klar."

Die Studentin war wieder weg – und Susannes Hand immer noch auf meinem Unterarm, den zu bewegen ich mir vorerst noch eisern verwehrte.

„Willst du mich nicht fragen, warum ich mir ausgerechnet die Haxe ausgesucht habe? Na, komm schon, frag mich!"

„Nein, ich frage dich nicht danach."

„Okay. Dann sag ich's dir einfach so: weil du mir nicht extra erklären musstest, was das ist, weil ich nämlich schon mal davon gehört habe, und darum war das ein kleiner Akt der Unabhängigkeit von dir. Und außerdem habe ich großen Hunger. Nun weißt du es." Sie löste ihre Hand von mir, lehnte sich zurück und sah mich an, als erwarte sie nun eine gewichtige Entgegnung.

War sie etwa schon betrunken? Nein, das war unwahrscheinlich, hatte sie doch, ebenso wie ich, bislang nur ein Bier gehabt. Aber was war es sonst, das sie so fröhlich, gesprächsfreudig und in nahezu provozierender Weise offenherzig machte?

Sie aß die Haxe nicht einmal zur Hälfte auf. Und ich konnte ihr nicht helfen, da ich mit meinem Essen mehr als nur gut versorgt war. Doch unseren Getränkekonsum behinderte das nicht: Wir hatten schon beide unser zweites Dunkles.

„Was machen wir als Nächstes, Helmut?"

„Spazieren gehen. Ist ratsam nach der Mahlzeit."

„Okay. Und dann?"

„Meine Güte, ich habe keinen Plan, Susanne. Sage du mir, was du gerne tun möchtest."

„Wie wär's mit Kino?"

„Am Nachmittag? Bei dem Wetter?"

„Warum nicht?"

Ich erhob mich und suchte nach einer Tageszeitung. Am Durchgang zur Toilette fand ich eine und ging damit zurück zum Tisch. Das Filmangebot, auch während der Nachmittagsstunden, war groß.

„Such uns was aus, Helmut", fordert sie mich auf.

„Was denn? Was möchtest du gerne sehen?"

„Einen interessanten Film. Du hast vorhin ein paar genannt... diesen Fritz, äh..."

„Fitzcarraldo."

„Ja, und diesen anderen mit dem Frauennamen."

„Violette Nozière."

„Genau. Irgendwas in der Art."

Aha, dachte ich, sie will ein bisschen von dem sehen, was ich gesehen habe, will an meiner Welt schnuppern. Das passt zum Besuch bei meiner Mutter, zu ihrer Hand auf meinem Arm, das alles bedeutet was, zum Donnerwetter!

„Und schwupp – schon haben wir's gefunden!", platzte ich raus, da ich auf einen guten Film gestoßen war, der vorteilhafterweise in einem nicht weit entfernten Kino gezeigt wurde, und zwar um 15 Uhr. Bis dahin war es allerdings nur noch eine knappe Viertelstunde. „Wir müssen uns aber sputen, wenn wir rechtzeitig da sein wollen."

„Welcher Film ist das denn?"

„La dolce vita. Kennst du ihn?"

„Der Name kommt mir bekannt vor, aber gesehen hab ich ihn bestimmt noch nicht."

„Na, dann mal los!"

Wir gelangten noch rechtzeitig zum Kino, in dem kaum mehr Menschen saßen als vorher im *Wolpertinger* gesessen waren. Unsere Plätze waren im hinteren Viertel des Zuschauerraums, der Vorfilm lief bereits. Unterwegs hatte ich Susanne in knappen Worten ein paar Informationen zum Film gegeben: dass er von 1959 stammte, dass der Schauplatz Rom war, dass der Regisseur Federico Fellini hieß, dass in der Hauptrolle Marcello Mastroianni spielte und in einer Nebenrolle Anita Ekberg. Aus ihren gelegentlichen Kommentaren, die besagten, dass sie 1959 noch nicht auf der Welt gewesen war, von Fellini noch nichts gehört hatte, sich an Mastroianni zu erinnern glaubte und Anita Ekberg überhaupt nicht kannte, schloss ich, dass ihr Filminteresse entweder nur eine Momentgeburt war oder sich sonst auf Darsteller wie Bruce Willis, Nicolas Cage und Julia Roberts konzentrierte.

„Den Namen Marilyn Monroe kennst du aber, oder etwa nicht?", hatte ich sie gefragt, als wir an der Kasse gestanden waren. Die unmittelbare Folge davon war wieder ein kleiner Boxhieb gegen meinen Oberarm gewesen.

„Gegen dich bin ich wohl ein Dummchen, aber ganz so dumm bin ich nun auch wieder nicht", hatte sie mich im vorgespielten Zorn angeblafft, doch sogleich ein Augenzwinkern folgen lassen. Offenbar ist sie wild entschlossen, hatte ich dabei gedacht, mich heute über alle Hindernisse und Widerstände hinweg sympathisch zu finden.

Der Film begann. Da war zuerst diese merkwürdige Szene mit der am Fenster vorbeifliegenden Christusfigur, die jedoch, wie man später sehen konnte, an einem Hubschrauber hing. Dann kam Anouk Aimée, diese betörend schöne Frau, um es sich für ein paar Minuten mit Marcello gutgehen zu lassen. Und irgendwann danach kam, endlich und sehnlichst erwartet, Anita Ekberg und tauchte ihren gewaltigen, strahlenden Körper in den Trevi-Brunnen...

(Es sind diese Filme, dachte ich dabei, die jeden Mann dazu bringen, vom Schauspielerdasein zu träumen, das es einem ermöglichte, mit diesen wunderbaren Frauen in Kontakt zu kommen, sie zu umarmen und von ihnen umarmt zu werden!)

... und dann kam plötzlich Susannes linke Hand und legte sich über meine rechte Hand.

Ich erstarrte geradezu. Wenn es Tatsache war, was ich da fühlte, dann stand nun wirklich fest: Sie hatte es auf mich abgesehen! Alle Anzeichen zuvor und diese unmissverständliche Berührung im Dunkeln sprachen eindeutig dafür. War sie nun die Freundin meines Bruders, oder war sie das nicht? Oder war sie inzwischen doch betrunken? Oder war sie einfach nur hemmungslos?

Ich wollte mich mit der Rätselhaftigkeit der Situation nicht so ohne Weiteres abfinden, beugte mich daher zu ihr und flüsterte ihr ins Ohr: „Was bedeutet das jetzt?"

Sie flüsterte sogleich zurück: „Das merkst du doch." Mehr nicht.

Doch schon im nächsten Augenblick schoben sich ihre Finger zwischen meine und schufen so eine endgültige Gewissheit, die alles andere und damit auch alle erdenklichen Ursachen und Gründe überdeckte. Der einzige einigermaßen klare Gedanke, der mir noch übrig blieb, war der: Ziehe ich meine Hand zurück oder nicht?

Ich tat es nicht. Die Berührung war so einzigartig, so angenehm, so klar und zugleich mysteriös, so real und zugleich unglaublich, dass ich sie unmöglich von mir abschütteln konnte. Nein, ich wollte es nicht, auf keinen Fall! Diese Gegenwart war da, um genossen zu werden und möglichst lange Gegenwart zu bleiben – alles andere war vorerst... ja: völlig egal!

Der Film rauschte an mir vorüber, während mich zahllose andere Bilder durchrauschten. Ich sah Marcello und Anitas Gatten, der ihn aus Eifersucht verprügelte, ich sah Marcello und die Vorbereitungen auf die erwartete Marienerscheinung, ich sah Marcello orientierungslos auf der Party, ich sah Marcello am Strand, wo ihm schließlich dieses Mädchen etwas zurief, das er nicht verstand... aber ich sah in Wahrheit immer wieder mich, diesen zwar nicht körperlichen, aber doch geistigen Marcello-Doppelgänger, der in einen Strudel geraten war, dem er nicht mehr entkommen konnte, da er es nicht wollte.

Und während dieser Zeit, die eine kleine Ewigkeit war, ruhte ihre Hand auf und in meiner, trennte sich nicht von mir, tat nichts anderes, als bei mir zu sein. Es kam mir fast vor wie ein Versprechen: *Nun habe ich dich, und ich werde dich nicht mehr loslassen!* Und ich wusste immer noch nicht, was ich davon halten sollte. Doch am Ende des Films entließ sie mich plötzlich aus ihrem sanften Griff, um – und das war wiederum ungewöhnlich genug – zu applaudieren. Niemand im Saal außer ihr tat das, aber das störte sie nicht.

Kaum waren wir aus der Sitzreihe hinaus auf den Gang getreten, hakte sie sich schwungvoll bei mir ein und flüsterte mir ungefragt zu:

„Du bist ein Schatz!"

Ich blieb sprachlos.

Draußen, als wir endlich allein zwischen Kinoeingang und Bürgersteig standen, unternahm ich einen letzten Versuch, vernünftig und anständig zu erscheinen, enthakte mich, fasste sie dafür an den Armen, sah sie so ernst wie möglich an und sagte zu ihr:

„Susanne, du bringst mich in immense Verlegenheit. Ich weiß nicht, was du beabsichtigst oder ob du überhaupt etwas beabsichtigst – aber Tatsache ist doch, dass du mit meinem Bruder Olaf zusammen bist. Und darum solltest du natürlich wissen, dass du uns beide nicht nur in Gewissensnöte, sondern womöglich sogar in Teufels Küche bringst, wenn du diese Zärtlichkeiten mir gegenüber nicht bald einstellst."

Sie war weder von meinem Griff noch von meinen Worten sonderlich beeindruckt, denn sie umfasste im Gegenzug meine Taille, schmiegte sich kurz an mich, um im nächsten Moment wieder auf Distanz zu gehen und mir zugleich ihre Hände auf die Schultern zu legen.

„Ich weiß doch inzwischen, dass du ein gewissenhafter Mensch bist", sagte sie mit einer Stimme, die zugleich zärtlich, verständnisvoll und selbstgewiss klang. „Aber du irrst dich – ich bin mit Olaf nicht so zusammen, wie du es denkst. Er ist ein guter Freund, und ich fahre mit ihm nach Venedig, das ist richtig. Aber ich bin weder seine feste Freundin noch seine Verlobte. Deine Mutter hatte vorhin so eine Anspielung gemacht, der ich aber nicht widersprechen wollte. Nein, da ist nichts weiter. Ich bin frei – so frei, wie ich es sein will."

Dieser Satz ist der schönste und beste, den eine Frau zu sagen imstande sein kann: „Ich bin frei – so frei, wie ich es sein will." Man muss ihn sich unter ganz anderen Umständen ausgesprochen vorstellen und erhält dann vielleicht eine ungefähre Ahnung von seiner Bedeutung. Hatte eine Frau der Frühzeit, als der Überlebenskampf das Maß aller Dinge war, eine Vorstellung davon, was Freiheit bedeutet? Natürlich nicht, diesen Begriff gab es damals noch lange nicht (ebenso wenig für Männer). Wussten Sklavinnen der Antike etwas davon? Wohl schon, aber Freiheit bedeutete, wenn man nicht außergewöhnlich begabt war und über außergewöhnliche Beziehungen verfügte, nur ein geringeres Maß des Angekettetseins. Wie war das mit der Freiheit im Mittelalter? Auch Fürstinnen konnten nur davon träumen. Noch in den darauffolgenden Jahrhunderten blieb das weibliche Frei-Sein – „So, wie ich es sein will"! – pures Hirngespinst. Erst mit und durch etliche Frauen, die ihre Fantasie, Kraft und Überzeugung provokativ in den Ring warfen, von Mary Wollstonecraft bis Nina Hagen, änderte sich das. Und nun stand diese junge Frau vor mir, und erklärte mir, dass sie jederzeit in der Lage sei, meinem Bruder den Laufpass zu geben, und eben jetzt Lust dazu habe, ihn gegen mich auszutauschen.

War das überhaupt zu fassen? (Ja, das war es.)

War die Absicht glaubhaft? (Ja, das war sie.)

Durfte ich darauf eingehen? (Nein. Aber ich tat es.)

Zwölf

Zwei Wochen, nachdem wir in der Buchhandlung das erste Mal miteinander gesprochen hatten, machten wir zusammen eine kleine Radtour. Es war ihr freier Samstag, ich hatte nichts Dringendes zu erledigen, und das Wetter war angenehm.

Es war kurz vor elf Uhr, als sie zu mir kam. Sie war fast sommerlich luftig bekleidet, hatte aber vorsichtshalber noch einen leichten Pullover dabei.

Zur Begrüßung umarmten und küssten wir uns.

„Na, alles paletti?", fragte sie munter.

„Sicher doch."

Ihr Blick fiel wieder auf meine Bücherwand. Sie war erst einmal bei mir gewesen, und da hatte sie, ebenso wie ich, anderes im Sinn gehabt als meine Lektüresammlung einer Prüfung zu unterziehen.

„Du könntest mir ganz schön Konkurrenz machen, wenn du das wolltest", sagte sie und ging zu den Regalen. „Und es sieht obendrein noch ordentlicher aus als bei mir."

„Trotzdem dauert es oft viel zu lange, bis ich das finde, wonach ich suche."

„Wo hast du denn den Faulkner stehen?"

Ich hatte ihr zuletzt von meiner großen Leidenschaft für die Romane William Faulkners vorgeschwärmt. Sie kannte lediglich „Licht im August", konnte sich aber – abgesehen davon, dass sie es als „schwierig" empfunden hatte – kaum noch daran erinnern.

Ich zeigte zu der entsprechenden Stelle hin.

„Ah, du hast ja die Gesamtausgabe!"

Ich nickte nur.

„Das ist für einen Germanisten doch wohl eher ungewöhnlich, dass er eine so starke Vorliebe für amerikanische Autoren hat, o-der?"

„Ich weiß es nicht. Es sind ja nicht nur amerikanische Autoren, die mich außerhalb des deutschsprachigen Raums interessieren. Aber das eine resultiert aus dem anderen. Ich hatte mich mit Alf-red Döblin beschäftigt und erfahren, dass er erheblich von James Joyce beeinflusst gewesen war. So las ich Joyce und erfuhr dann, dass er auch Faulkner beeinflusst hatte. So kam ich auf Faulkner."

„Nicht schlecht, nicht schlecht", murmelte sie und nahm sich „Schall und Wahn" heraus. „Und das ist der Roman, den du für seinen besten hältst?"

„Für einen seiner besten", korrigierte ich.

„Den leihst du mir doch bestimmt mal aus?"

„Gewiss."

Sie legte das Buch auf den Tisch. „Ich werde ihn dann nachher mitnehmen. Jetzt fahren wir aber erst mal los, meine ich!"

„Einverstanden."

Wir fuhren auf der Ringstraße, am Postgebäude und am Rheini-schen Landeskrankenhaus vorbei, hinunter zum Rhein. Dann ging es auf dem Leinpfad, der direkt am Ufer entlangführt, nach Norden. Es war nicht weit, vielleicht fünf oder sechs Kilometer, bis nach Grau-Rheindorf, wo es eine Pizzeria mit einer Terrasse gab, die idyllisch oberhalb des Rheinufers lag. Wir hatten ausgemacht, beide nicht zu viel zum Frühstück zu essen, so dass wir dort mit dem richtigen Hunger ankommen würden.

Ich ließ sie öfters mal einen oder zwei Meter vor mir herfahren, und sie tat mir den Gefallen, der in mir, wie ich zugeben muss, ein deutliches Wohlgefallen auslöste, offenbar recht gerne. So erreichten wir nach ungefähr zwanzig Minuten schon unser Ziel.

Die Terrasse der Pizzeria, deren Namen ich vergessen habe, war eine gemütliche, von Weinranken umwachsene Aussichtsplattform, von der aus man den Schiffsverkehr auf dem Rhein verfolgen konnte. Die Speisen waren ausgezeichnet, und ebenso gefragt wie gefürchtet war die „Pizza Diabolo", da sie Geschmacksnerven und Speichelfluss enorm anregte.

„Isst du gerne scharf?", fragte ich daher Brigitte.

„Ja, sehr gerne."

„Dann empfehle ich dir die Teufelspizza. Sie wird dich nicht enttäuschen."

Sie griff meinen Vorschlag dankbar auf. Bei der Bestellung entschied ich mich für eine Calzone und ein Bier, sie sich außerdem für einen Rotwein.

Teufelspizza. Teufel. Gott.

Die Worte brachten mich dazu, ihren notorischen Halsschmuck wieder einmal bewusst wahrzunehmen. Bei den letzten Begegnungen hatte ich auf das goldfarbene Kreuzchen nicht sonderlich geachtet. Zumindest aber wusste ich, dass sie es stets getragen hatte. Womöglich trug sie es jeden Tag und legte es nur zum Schlafengehen ab. Nun hatte ich jedoch gerade Muße genug, die Präsenz des kleinen Amuletts auf mich wirken zu lassen und dabei erneut festzustellen, dass es mir unangenehm war. Es war klar, dass ich sie irgendwann einmal darauf ansprechen würde. Vielleicht sogar schon heute.

Brigitte genoss den Blick auf die vorüberfahrenden Schiffe. Zum größten Teil waren es Lastkähne, die tief im Wasser lagen und, wenn sie flussaufwärts fuhren, nur sehr langsam vorankamen. Aber es waren auch einige Passagierschiffe und private Boote zu sehen.

„Viel Verkehr", sagte ich.

„Ja – und mir fällt dabei ein, dass ich schon lange keine Bootsfahrt mehr gemacht habe. Wäre das nicht mal was für uns?"

„Gewiss. Bei mir muss das inzwischen auch schon etliche Jahre her sein."

Sie freute sich erkennbar darüber, dass sie etwas gefunden hatte, das wir zusammen unternehmen konnten. Da eben die Getränke eingetroffen waren, stießen wir auch sogleich darauf an, dass sich die ins Auge gefasste Rheinfahrt schon bald realisieren ließe. Und ich war mehr denn je stolz darauf, dass diese attraktive und interessante Frau sich entschieden hatte, ausgerechnet mit mir eine nicht nur oberflächliche, sondern eine spürbar intensive, liebevolle Freundschaft einzugehen, wogegen alle skeptischen Überlegungen – ob sie denn die Jahre nach der Scheidung wirklich ohne Partner gewesen sei, und wenn doch, weshalb das so gewesen sein mochte, oder ob sie vielleicht nicht doch recht bald das Interesse an mir verlieren könne und diese sich gerade so frühlingshaft entwickelnde Beziehung nur von kurzer Dauer sein werde – vernachlässigenswert erschienen.

Der Kellner, der es sich deutlich anmerken ließ, dass auch er Brigitte für eine schöne Frau hielt, brachte das Essen, und wir machten uns gleich darüber her. Es dauerte eine Weile, bis sie die Reaktion zeigte, die ich erwartete, doch dann kamen sie: die Tränen, das leise Keuchen und das nach Frischluft strebende Öffnen des Mundes.

Sie merkte, dass ich sie beobachtete.

„Du Sadist", sagte sie, nachdem sie den Happen hinuntergeschluckt hatte, „du wolltest mich nur leiden sehen."

„Du hast gewusst, auf was du dich einlässt."

„Dass es derart scharf ist, habe ich natürlich nicht gewusst." Sie trank ein Schlückchen Wein und betupfte sich mit der Serviette die Lippen, die sie gleich darauf zu einem trotzigen Grinsen verzog. „Aber egal. Ich werde dir beweisen, was eine Frau aushalten kann. Du wirst staunen."

Tatsächlich setzte sie ihre Mahlzeit zwar langsam, aber entschieden fort und brachte sie, ohne mit der Wimper zu zucken und etwas übrig zu lassen, zu Ende. Mit der Miene des Triumphs legte sie schließlich das Besteck auf den Teller, und ich bekundete ihr meinen Respekt, ja meine Hochachtung.

Der Kellner, der mehr als nur einmal zu ihr herübergegrinst hatte, während er an der Terrassentür stand oder andere Gäste bediente, kam an unseren Tisch und ließ es sich nicht nehmen, die „bella signora" für ihre geradezu heldenhafte Tapferkeit zu loben und zu preisen, bevor er mit prätentiöser Eleganz abservierte. Wie ein Südländer aus dem Bilderbuch trug er sein Hemd weit aufgeknöpft, so dass man die starke Brustbehaarung sehen konnte – und natürlich auch das an einer goldenen Kette hängende Christuskreuz.

Er war mir vom ersten Blick an unsympathisch gewesen, doch die ungenierte maskuline Aufmerksamkeit, die er meiner Begleiterin entgegenbrachte, und das von seinem braunen Hals herabbaumelnde Kreuz, das ihn in meinen Augen und somit in unerträglicher Weise mit ihr verband, machten ihn mir nun fast schon widerwärtig.

Zu allem Überfluss beugte sich Brigitte ein wenig über den Tisch, so dass auch ihr Kreuz wie eine Verspottung meiner Position von ihrem Hals baumelte, um mir Worte anzuvertrauen, die ich ganz und gar nicht hören wollte:

„Ein netter Kerl ist das, findest du nicht?"

Ich steckte in der Zwickmühle. Ein Teil der Worte, mit denen ich diese schreckliche Frage hätte beantworten wollen, war schlichtweg grob oder lächerlich, aber es reizte mich sehr, etwas in der Art auszusprechen. Ein anderer Teil war dagegen zwar sachlich begründet, sogar notwendig und über kurz oder lang unvermeidlich, aber kaum weniger heikel, weshalb ich noch zögerte, ihn auszusprechen. Doch ich musste mich entscheiden, und ich entschied mich für die Notwendigkeit.

„Vielleicht. Ich möchte jetzt über etwas anderes mit dir sprechen, und es wird dir wahrscheinlich nicht gefallen, aber ich denke, es muss sein."

„Das klingt ja bedrohlich", sagte sie, lehnte sich wieder zurück und sah mich gespannt an. „Um was geht es denn?"

„Es geht um deinen Halsschmuck." Es gab kein Zurück mehr. Der Satz war ausgesprochen und gehört worden. Ich konnte mich nur noch vorwärtsbewegen, indem ich weitersprach – auch wenn ich damit das Risiko einging, dass unser Zusammensein im schlimmsten Fall daran zerbrach.

„Was ist damit? Gefällt er dir nicht?"

„Sozusagen. Konkret heißt das: Mir gefällt der Anhänger nicht."

„Das Kreuz stört dich also?"

Ich nickte.

„Und das ist alles? Na, das lässt sich leicht beheben." Sie fasste sich ins Genick, löste die Kette und nahm sie ab. „Ist es jetzt besser?"

Ich war vorübergehend sprachlos. Diese schnelle, unkomplizierte Reaktion hatte ich nicht erwartet. Sie sah auch keineswegs beleidigt oder auch nur besorgt oder nachdenklich aus, sondern lächelte mich an, wie sie es oft tat. Die Kette war weg – und nichts weiter.

„Ja... das ist jetzt besser, vielen Dank. Und... und du nimmst es mir nicht übel?"

„Warum sollte ich es dir übelnehmen? Das ist nur Schmuck und nicht meine Identität, und wenn es dir unangenehm ist, das Kreuz sehen zu müssen, dann lasse ich es eben weg. Du hättest mir ruhig schon früher sagen können, dass du Atheist bist."

„Nun ja, ehrlich gesagt habe ich mich das nicht getraut. Das hätte unter Umständen peinlich werden können, und das wollte ich vermeiden. Aber jetzt ging es nicht mehr anders."

„Weil die Bedienung auch ein Kreuz trägt, und das war zu viel für dich, stimmt's?"

„Stimmt genau."

„Außerdem findest du ihn gar nicht nett, sondern ärgerst dich über ihn, und auch darum musstest du dir jetzt ein bisschen Luft machen." Es war keine Frage mehr, sondern schon eine klare Feststellung.

„Hm, ja, das stimmt auch, zugegeben. Du hast mich vollkommen durchschaut."

Sie lachte. So viel stand also fest: Ich war heil davongekommen, doch dafür war sie nun obenauf – was allerdings deutlich besser war, als es im umgekehrten Fall gewesen wäre.

„Wenn man dich ansieht, ist das auch nicht so schwer. Das habe ich dir doch schon einmal gesagt, dass dein Gesicht eine offene Informationsquelle ist. Du wärst ein miserabler Pokerspieler."

„Oje, ich bin eigentlich in jedem Spiel eine Niete. Das war schon im Schulsport so, wo mich niemand in seinem Team haben wollte, ob es nun um Fußball, Handball oder irgendetwas anderes ging. Auch Federball oder Tischtennis haben bei mir nie so richtig funktioniert, und diverse Brettspiele ebenso wenig. Ich bin dafür einfach nicht geeignet, weder am Tisch noch auf dem Rasen."

„Ach, du Armer. Darum hast du dich dann in die Wissenschaft gerettet."

„Daran habe ich zwar noch nie gedacht, aber es könnte so gewesen sein. Ich werde mal meinen Analytiker fragen."

„Hast du einen?"

„Nein, war nur ein Scherz. Nun brauche ich ohnehin keinen, denn du bist ja da."

Wir waren beide gut gelaunt und beschlossen, noch ein bisschen durch die Gegend zu fahren, um die aufgenommenen Kalorien sinnvoll zu nutzen. Als ich bezahlte, ließ der Italo-Kellner zwar noch ein paar Freundlichkeiten hören, enthielt sich aber aller weiterer Flirtmanöver, so dass ich ihm dann doch ein Trinkgeld gönnte. Im Gegenzug erhielten wir umgehend, noch bevor wir aufgestanden waren, jeder einen Grappa.

Wir radelten eine gute Stunde lang durch die nördlich von Bonn gelegenen Landschaften und schließlich über Tannenbusch zurück in die Bornheimer Straße. Unterwegs hatte sie sich nachträglich über meine eifersüchtige Reaktion auf den Kellner amüsiert: „Diese Leute machen ihrer Kundschaft gerne ein paar Komplimente, das ist völlig normal und auch völlig harmlos, du argwöhnischer Mensch, du!" Das Trinkgeld indessen hatte sie als nette und versöhnliche Geste gelobt, woraufhin ich zu entgegnen mich genötigt gefühlt hatte: „Dann bin ich ja beruhigt, dass du mich auch nett findest." Die Sache mit dem Kreuz war – vorerst – kein Thema mehr.

Als wir wieder in meiner Wohnung waren, zog es uns, nachdem wir uns frisch gemacht hatten, ins Schlafzimmer. Vielleicht lag es an der Entspannung, an unserer Nähe auch nach dem Geschlechtsakt oder an dem gedämpften Licht aufgrund der halb heruntergelassenen Jalousien oder an allem zugleich, dass sie nun, da ich längst nicht mehr daran dachte, doch noch einmal darauf zurückkam.

„Ich möchte dich etwas fragen."

„Tu dir keinen Zwang an."

„Ist das normal für einen Atheisten, dass er allergisch auf das Symbol des Christentums reagiert, oder bist du in dieser Angelegenheit besonders empfindlich?"

„Oje, ich wusste es!"

„Was?"

„Dass es doch nicht ganz so einfach ist, wie es vorhin den Anschein hatte."

„Du brauchst nur meine Frage zu beantworten. Versuche es wenigstens."

„Also gut. Es kann sein, dass ich ein bisschen empfindlicher bin als andere. Natürlich gibt es alle erdenklichen Spielarten des Atheismus, und natürlich unterscheidet sich jeder Atheist von jedem anderen, ebenso wie sich jeder Christ von jedem anderen Christen und überhaupt jeder Mensch von jedem anderen Menschen unterscheidet. Ein Atheist oder ein religiöser Mensch zu sein bedeutet ja nicht, dass man allein deswegen einem definierten Charaktertypus zugeordnet werden kann."

„Das habe ich ja auch gar nicht gemeint."

„Jedenfalls gibt es Atheisten, die nicht einmal wissen, dass sie welche sind, da ihnen das alles völlig egal ist. Sie denken über das Pro und Kontra metaphysischer Fragen nicht nach, da es sie nicht interessiert. Andere denken darüber nach, weil sie wissen wollen, warum sie etwas für Unsinn halten, das für ihren Nachbarn offenbar eine große Bedeutung hat oder vielleicht sogar ein wesentlicher Lebensinhalt ist."

„Du musst jetzt nicht dozieren, Helmut."

„Entschuldige. Warum also bin ich empfindlich? Möglicherweise deshalb, weil das Kreuz etwas repräsentiert, das die meisten Christen fraglos für die Wahrheit halten, das ihnen ein Überlegenheitsgefühl gibt, weswegen sie es hochhalten und damit gegen Andersdenkende vorgehen oder, noch schlimmer, zu Felde ziehen. Atheisten haben kein derartiges Symbol, denn für sie gibt es nicht eine einzige Wahrheit, kein höheres Wesen, das dem Leben einen Sinn gibt, und sie wollen niemanden bekehren. Ich empfinde all das, wofür das Kreuz steht, als selbstgefällig, anmaßend und gefährlich, und daher werde ich nicht gerne mit diesem Zeichen konfrontiert und insbesondere dann nicht, wenn es am Hals eines Menschen hängt, den ich mag."

Eine Weile lang sagte sie nichts. Ich spürte, dass die Stimmung im Raum nun mindestens so gedämpft wie das Licht war. Doch sie hatte mich gefragt, und ich hatte ihr eine Antwort gegeben, die viel zurückhaltender nicht hätte ausfallen können.

„Okay, jetzt weiß ich Bescheid", sagte sie dann, während sie sich aufrichtete. Ich saß schon, seitdem ich zu reden angefangen hatte, aufrecht im Bett. Ihre nächsten Worte beruhigten mich zumindest ein bisschen: „Ich werde damit leben können, denke ich. Nun muss ich aber erst mal aufs Klo."

Wir unterhielten uns danach, halb angekleidet im Wohnzimmer sitzend, über unsere jeweiligen Programme für die nächste Woche und konnten daraus schließen, dass genügend Spielraum übrigblieb, um uns dann und wann zu treffen. Wir vereinbarten, dass ich mich um die Verwirklichung der Fahrt auf dem Rhein kümmern würde. Und sie erinnerte mich daran, dass sie morgen früh ihre Schwester in Düsseldorf zu besuchen vorhabe, weshalb sie mich in Kürze verlassen müsse, um in Ruhe ein paar Sachen zusammenzupacken und auch noch dies und das zu tun.

Bevor sie ging, nahm sie den Faulkner-Roman, der noch auf dem Tisch lag, mit einer schwungvollen Bewegung an sich, grinste mich an und sagte:

„Den kann ich nachher noch anfangen zu lesen, das wird mich vielleicht auf andere Gedanken bringen."

Es folgten Abschiedsumarmung und Abschiedskuss, und dann war sie draußen.

Ich fühlte mich, kurz gesagt, unwohl. Nach meinem kurzen Atheismus-Vortrag war sie merklich distanziert gewesen, woran auch die Plauderei am Tisch und einige kurze Lächler nichts hatten ändern können, und ihr Aufbruch war überraschend schnell erfolgt und ihre Erklärung hierfür eher dünn.

„Ich werde damit leben können", hatte sie gesagt.

Das bleibt abzuwarten, dachte ich.

Dreizehn

„Was machen wir jetzt?" Diesmal war ich es, der das fragte.

„Jetzt gehen wir spazieren und denken uns was aus", sagte sie so fröhlich, wie sie fast alles seit ihrer Ankunft gesagt hatte. Sie war die Verkörperung der Fröhlichkeit – und ebenso die Verkörperung aller Gefahren, die sich ein Mann im unmittelbaren Gegenüber mit einer Frau ausgesetzt sehen konnte.

„Also gut. Dann schlage ich vor, dass wir zum Englischen Garten gehen. Der ist nicht weit weg. In Ordnung?"

„Ich tu alles, was du sagst, Helmut." Sie schien zu schweben.

„Springst du in die Isar, wenn ich das sage?"

„Natürlich."

Es war aussichtslos. Sie hatte mich offenbar längst vereinnahmt, und ich kam nicht mehr heraus. Sie legte offenbar auch keinen Wert mehr darauf, als die freie Frau von gerade eben noch zu erscheinen, sondern ergab sich schlichtweg ihrer momentanen Neigung. Andererseits: Sie war hübsch und attraktiv, und es war weit mehr als nur ein Kompliment für mich, dass sie ihr Interesse nun so überdeutlich auf mich gerichtet hatte. Ich hatte mich bereits dabei ertappt, mir ein Zusammensein mit ihr vorzustellen – und zwar in der einen und anderen Hinsicht durchaus detailliert.

Wir gingen los, und ihr Arm war dabei um den meinen geschlungen.

„Dieser Marcello – er hat die Frauen nicht wirklich geliebt, oder?", fragte sie mich.

„In dem Film geht es nicht um Liebe, sondern um Überdruss, Oberflächlichkeit und Niedergang. Alle hüpfen sie vom einen Spaß zum nächsten und vergessen dabei sich selbst. Sie wollen nichts wissen, sondern sich nur vergnügen. Marcello steckt als Klatschreporter in der Maschine drin und kommt nicht raus."

„War es wirklich so schlimm damals?"

„Fellini hat es wohl so gesehen."

„Und dieser seltsame Schluss, was bedeutet der?"

„Viele meinen, das sei eine christliche Botschaft. Ich interpretiere das etwas freier und denke, dass es der Ruf des richtigen, des unverdorbenen Lebens ist, den Marcello aber nicht versteht, da er umnebelt ist, und zwar nicht nur vom Alkohol."

Wir gingen ohne Eile, doch der Garteneingang war keine dreihundert Meter mehr entfernt.

„So wie es auch heutzutage bei vielen Menschen ist, nicht wahr? Sie sind oberflächlich und wollen sich nur vergnügen und nicht über wichtige Dinge nachdenken. Aber tief in ihrem Inneren sind sie unzufrieden. Und zu diesen Menschen gehört Olaf auch, meinst du nicht?"

„Das kann sein", sagte ich nur, da mir die Frage gerade jetzt, da wir Arm in Arm zusammengingen, nicht sehr angenehm war.

„Ich weiß und ich spüre es, dass du so denkst. Und ich glaube auch, dass du recht hast. Er ist ein lieber Kerl, er lacht gerne und er ist sehr unternehmungslustig. Aber manchmal habe ich das Gefühl, dass er etwas verbirgt, dass er sich unsicher ist, ob das alles richtig ist, was er tut. Er sagt immer, dass er zufrieden und glücklich ist, aber er sagt es so oft, dass es schon verdächtig ist. Natürlich könnte er zufrieden sein, denn es geht ihm ja eigentlich ganz gut – aber da ist eben sein großer Bruder, der immer ganz genau weiß, was richtig und was wichtig ist, der den ganz großen Überblick hat und der deshalb auch kein Handyverkäufer ist, sondern ein Professor an der Universität."

Wir waren angekommen: hinter uns die Straßen und Häuser, vor uns die Bäume, Sträucher und Rasenflächen. Ich löste mich von ihrem Arm, blieb stehen und sah sie an.

„Das klingt so, als sei ich schuld daran, dass mein Bruder nicht in der Lage ist, mehr aus sich zu machen. Ich brauche wohl nicht extra zu erwähnen, dass ich eine andere Sicht der Dinge habe."

„Ach, jetzt hab ich dich verärgert – aber das habe ich doch gar nicht gesagt, natürlich bist du nicht schuld an dem, was Olaf tut oder nicht tut!" Sie trat dicht an mich heran, legte mir ihre Hände auf die Brust und schien mir mit ihren Blicken eine Gehirnwäsche verabreichen zu wollen. „Sei doch bitte nicht so empfindlich."

„Tut mir leid, aber ich bin heute nicht so gelassen, unerschütterlich und unempfindlich, wie du es dir vielleicht vorstellst. Während der letzten Stunden ist einiges geschehen, was mich alles andere als unbeeindruckt gelassen hat, und es kommt schon einem kleinen Wunder gleich, dass ich überhaupt noch denken und geradeaus gehen kann."

Sie lachte wieder und klatschte vor Vergnügen die Hände zusammen.

„Ah, das höre ich gerne! Ich hatte nämlich schon befürchtet, dass ich dir trotz allem eher unangenehm bin, dass du mich vielleicht sogar für ein verdorbenes Früchtchen hältst und mich nur deswegen noch erträgst, weil du dich verantwortlich fühlst und auch weißt, dass ich bald schon wieder weg bin."

„So ein Unsinn."

„Sehr schön, sehr schön, jetzt bin ich wirklich erleichtert. Und – wollen wir jetzt in den Park gehen?"

„Ja, gehen wir."

Wir waren drei Stunden lang im Kino gesessen, und so war es inzwischen schon früher Abend und nicht mehr ganz so heiß. Dafür war der Englische Garten aber immer noch voll genug, und als wir auf den Chinesischen Turm zusteuerten, hörten wir bereits aus einiger Entfernung die brodelnde Geräuschkulisse des dort weiträumig angelegten Biergartens.

Bierdurst hatten wir beide nicht, aber sie wollte unbedingt einmal am Turm sitzen, so dass wir uns zwei Kaffees holten und dann auch bald einen Tisch entdeckten, an dem noch ausreichend Platz war.

„Wir sollten nicht allzu spät zurückfahren", sagte ich. „Es ist fast sieben Uhr, und Olaf ist bestimmt schon lange wach und fragt sich, was wir die ganze Zeit tun."

„Na und? Er wollte uns ja auch los sein und seine Ruhe haben. Wir handeln also nur in seinem Interesse."

„Da bin ich mir nicht so sicher."

„Hast du etwa Angst?"

„Eher ein schlechtes Gewissen."

„Hör auf damit!" Sie griff nach meinen Händen und hielt sie fest. „Du brauchst kein schlechtes Gewissen zu haben, dafür gibt es keinen Grund. Lass uns einfach das hier genießen, so lange es geht, okay?"

Ich nickte. Tatsächlich wollte ich Susannes Gegenwart genießen, und ich tat es auch. Doch der moralische Komplex in mir, der sich üblicherweise im Verborgenen hielt, hatte sich inzwischen bemerkbar gemacht und mir zu verstehen gegeben, dass er damit nicht einverstanden war. Das musste ich hinnehmen.

„Magst du mir nicht ein bisschen von deiner Frau erzählen?", fragte sie mich plötzlich. „Ich würde gern etwas über sie erfahren – aber natürlich nur, wenn es dir nichts ausmacht."

„Hm, nein, das macht mir nichts aus." Immerhin hatte ich ihr ja schon am Morgen Brigittes Anzug zur Verfügung gestellt. „Aber was willst du denn von ihr wissen?"

„Na ja, wie sie so war, wie du sie kennengelernt hast und so weiter."

„Also gut..."

Ich erzählte ihr von Bonn und von dem Bücherladen, davon, wie ich mich gleich in Brigitte verliebt hatte und sie mir offen und ehrlich entgegengekommen war, von den aufregenden ersten Wochen und Monaten und von den vielen schönen Jahren. Ich erzählte das alles in recht groben Zügen und so nüchtern, wie es mir möglich war. Den Rest ließ ich weg.

„Mann, ich bewundere und beneide diese Frau", seufzte Susanne, „auch wenn sich das vielleicht blöd anhört. Aber sie war so lange Zeit mit dir zusammen und bestimmt superglücklich."

„Na, na, jetzt hau' mal nicht so auf den Putz."

„Tu ich doch gar nicht. Andererseits war sie natürlich viel klüger und gebildeter als ich. Ihr habt beide sehr gut zusammengepasst."

„Kann es sein, dass du jetzt etwas Bestimmtes von mir hören möchtest?"

„Kann schon sein, ja", sie grinste mich in einer zauberhaften Weise an, die mich erneut, ob ich es nun wollte oder nicht, an Brigitte erinnerte, „zum Beispiel, dass du dir vorstellen könntest, dass wir beide auch ganz gut zusammenpassen – so, jetzt hab ich's gesagt!"

„Gut, du hast es gesagt. Und da wir nun am Herumtheoretisieren sind, sage ich, dass ich das nicht ausschließen kann und auch nicht will."

„Im Ernst? Du willst nicht ausschließen, dass wir zwei... dass wir also eventuell gut miteinander könnten?" Sie sah überrascht aus.

„Das waren jetzt deine Worte, aber so ungefähr stimmt das." Es mochte sein, dass ich soeben einen Fehler gemacht hatte, doch ich fühlte keinerlei Veranlassung, irgendetwas von dem Gesagten zurückzunehmen. In diesem Moment war sie schon aufgestanden, kam um den Tisch herum zu mir und umarmte mich.

„Du bist ein Schatz", hauchte sie mir ins Ohr. „Komm, lass uns noch ein bisschen flanieren."

Wir gingen auf dem Weg, der am Monopteros vorbeiführt. Hier und da saßen auf den Grünflächen beiderseits des Weges Gruppen oder Paare und genossen die warme Luft – ein Anblick, der seine Wirkung auf Susanne nicht verfehlte.

Sie griff meine Hand, die sie bereits hielt, plötzlich noch fester und zog mich in Richtung einer stattlichen Eiche, deren näheres

Umfeld menschenleer war. Dort angekommen setzte sie sich hin und zog mich zu sich herunter.

„Das ist so ein romantischer Platz, den müssen wir jetzt einfach auskosten", sagte sie, lehnte sich an mich und legte mir einen Arm auf die Schulter.

Nun war er da, der Moment, der mir spätestens seit der Überraschung im Kino wie ein mal heulendes und mal lachendes Gespenst durchs Hirn spukte und sich nicht verscheuchen ließ. Es war so weit: Wir waren eng beisammen und allein, kein Olaf, keine aufdringlichen Hubers und kein Aufmerksamkeit verlangendes Filmkunstwerk störten uns. Aber ich konnte nun auch nicht mehr entkommen, nicht einfach aufstehen und wegrennen. Ich musste das, was ich sowohl ersehnte als auch befürchtete, auf mich zukommen lassen.

Doch die unentschiedene, halb bange und halb erwartungsfrohe Gefühlsmixtur drang wie ein Gift durch meinen Körper, lähmte ihn teilweise und versetzte meine Finger, die auf meinen ausgestreckten Beinen lagen, in einen zwar schwachen, aber doch unkontrollierbaren Tremor.

Susanne bemerkte es sofort.

„Du zitterst ja", sagte sie erstaunt und befühlte mein Gesicht. „Was ist denn los?"

„Nichts weiter. Ich dachte nur gerade an ein Seminar, das ich am Montag haben werde und in dem ein paar Dummköpfe sitzen, die mich regelmäßig zur Weißglut treiben. Darum wohl." Es war ein erbärmlicher Ablenkungsversuch.

„Du musst jetzt nicht witzig sein", sagte sie. „Du bist aber nicht etwa krank, oder?"

„Wenn sich mein junger Bruder einen verkorksten Magen leistet, dann darf ich mir doch wohl noch ein leichtes Zittern erlauben...“

„Jetzt legst du dich hin und entspannst dich“, befahl sie mir und drückte meinen Oberkörper sanft nieder. Widerstand war zwecklos. Sie legte sich neben mich, stützte sich auf den Ellbogen und betrachtete mich besorgt.

Ich habe es verpatzt!, dachte ich und fühlte, wie der Selbsthass an mir nagte. Ich habe es verpatzt, weil ich es verpatzen wollte, weil ich dachte, es verpatzen zu müssen, ich Vollidiot!

„Ist gleich wieder in Ordnung“, sagte ich ebenso zu ihr wie zu mir. „Das ist heute ein sehr abwechslungsreicher und auch aufregender Tag für mich, und ich bin eben leider nicht mehr der Jüngste.“

„Hast recht, Opilein. Ich hab' dir ganz schön zugesetzt.“ Da war es wieder, das zauberisch-freche Grinsen. Und da war auch wieder das muntere Augenzwinkern. Sie sah in diesem Moment so bewundernswert schön aus, dass ich es mir doch nicht länger verwehren konnte, dieses Gesicht zu berühren, zu streicheln. Sie schmiegte sich an meine Hand, und ihre Lippen formten sich zu einem leichten, beglückten Lächeln. Dann beugte sie sich langsam zu mir herab und sagte ganz leise:

„Jetzt bin ich dran.“

Sie küsste mich.

Wir küssten uns. Ohne jeden Umweg über die Wangen, den Hals oder die Stirn. Direkt auf den Mund. Preisgebend und besitzergreifend. Eine gegenseitige Offenbarung. Ein endgültiges, eindeutiges Gestehen. Ein kleines, blickloses, wunderbares Ineinander, stumm und bewegt.

Vierzehn

Am Dienstagabend ergab es sich, dass Brigitte und ich, sie nach Geschäftsschluss und ich nach meinem Proseminar, nichts sonst vorhatten und uns kurzfristig entschieden, zu mir zu gehen. Es war ihr Vorschlag gewesen, und ich wunderte mich ein wenig darüber, dass sie diesen Ort, den sie vor drei Tagen nahezu fluchtartig verlassen hatte, nun einem gemütlichen Lokal und sogar ihrer eigenen Wohnung vorzog. Doch die Erklärung dafür sollte ich umgehend erhalten.

Als wir auf unserem Weg den Alten Friedhof erreichten, sagte sie, dass sie gerne da hineingehen wolle. Ich hatte nichts dagegen, denn wir hatten alle Zeit der Welt und das ummauerte Areal war mit seinen vielen Bäumen, verwinkelten Wegen, stolzen Grabstelen, ornamentreichen Prominentengräbern sowie bemoosten, verwitterten und kaum noch identifizierbaren Grabsteinen ein pittoresker Ort. Ich merkte, dass sie ein bestimmtes Ziel hatte, und ließ sie mich führen. Wir kamen an eine alte, von Sträuchern flankierte Bank unweit der Georgskapelle und setzten uns.

„Ich will dich nicht auf die Folter spannen", sagte sie, „darum erzähle ich dir jetzt, warum ich mit dir hierher wollte. Da drüben", ihr Finger wies mir die Richtung, „ist das Grab meines Urgroßvaters Kaspar Balthasar Melchior Grotzinger. Ja, er war mit den Namen der Heiligen Drei Könige, wenn auch in alternativer Reihenfolge, getauft worden. Und er war Pfarrer."

Nun war ich schlagartig im Bilde, erkannte den Zusammenhang zwischen ihrem Amulett, das sie nicht mehr trug und auch nie mehr tragen würde, und der Familiengeschichte, deren erstes Kapitel mir soeben aufgeschlagen worden war.

„Du musst es dir nicht anschauen", fuhr sie fort, „denn du wirst damit nicht viel anfangen können. Die Familie hat es einem wohlhabenden Gönner mit viel Einfluss zu verdanken, dass er hier bestattet wurde. Es geht mir aber nicht um das Grab, sondern um den Menschen. Er stammte aus Breslau und kam als Kind mit seinen Eltern nach Berlin, wo die Familie noch um zwei Söhne und zwei Töchter anwuchs. Sein Vater, ein strenggläubiger Protestant, der dennoch bei der Reichswehr Karriere machte, wollte eigentlich, dass er eine Ausbildung zum Ökonom einschlug. Aber er war dickköpfig, und so gelang es ihm schließlich, Philosophie und Theologie zu studieren."

Ich staunte. Woher wusste sie das alles? Gab es da eine aufgeschriebene Biografie, oder hatte es Vater oder Mutter ihr erzählt? Doch vor allem: Warum erzählte sie mir das? Wollte sie mich etwa missionieren?

„Weil er mit Menschen zu tun haben wollte und die Praxis der Theorie vorzog, konzentrierte er sich am Ende auf die Theologie und wurde Pfarrer. Zehn Jahre blieb er noch in Berlin, dann wurde er nach Düsseldorf versetzt, und bis zum Ende seines Lebens blieb er dann mit seiner Frau und seinen drei Kindern in Bonn. Meine Oma Bertha hat mir erzählt, ..."

Aha.

„... dass er überall da, wo er Pfarrer war, von seiner Gemeinde geschätzt und auch verehrt wurde, da er sich um die Sorgen der kleinen Leute kümmerte und half, wo er helfen konnte. Er war ein gütiger, friedliebender und wohltätiger Mann. Aber er war nicht unpolitisch, und da ihm die größenwahnsinnige Politik des Kaisers nicht behagte, die dann ja auch ins Chaos des Ersten Weltkriegs führte, hoffte er zu Anfang der Weimarer Republik auf einen radikalen Wandel. Aber der kam ja dann erst später und ging in eine ganz andere Richtung."

„Ich will es mir jetzt doch anschauen", entschied ich spontan und ging hin. Das Tageslicht reichte noch aus, um die Inschrift des ergrauten Steins wenigstens erahnen zu können:

K. B. M. GROTZINGER

1875 – 1931

ELISABETH GROTZINGER

1876 – 1946

Brigitte war mir gefolgt und stand nun neben mir.

„Was mir Oma Bertha, die seine Jüngste war, noch erzählt hat, ist, dass er große Probleme hatte, seine Skepsis nicht Oberhand über seinen Glauben gewinnen zu lassen. Er hatte viele Kontakte. Er kannte offenbar nicht nur Sozialdemokraten, sondern auch Kommunisten, die idealistisch bis militant waren. Und er kannte ebenso Leute von der rechten Seite, die, wie man ja weiß, vor allen Dingen militant waren. Er sah, dass ständig etwas passierte, und er ahnte, dass sich da etwas noch Schlimmeres zusammenbraute. Aber er war hilflos. Mit fünfzig Jahren wurde er krank und sechs Jahre später starb er."

Er ist 56 Jahre alt geworden, hatte ich bereits errechnet. Genauso alt wie Nietzsche. Von dessen Tod muss er damals, als er 24 oder 25 war, erfahren haben, ohne Zweifel!

„Und Oma Bertha hat mir einen Spruch von ihm überliefert", erzählte sie weiter. „Willst du ihn hören?"

„Ja."

„Ich bete zu Gott, damit er es nicht zulässt, dass sich die Menschen weiter töten. Und ich bete zu den Menschen, damit sie Gott nicht töten, solange sie keinen Besseren gefunden haben."

Einen Gott töten, der bereits tot ist?

Na gut, na gut, lassen wir das mal.

„Du hast mich hierher gebracht, weil du mir ein Beispiel vorzeigen wolltest, wie man gläubig und dennoch lebensnah sein kann, oder?"

„Mag sein, dass ich daran gedacht habe. Um was es mir aber vor allem geht, ist, dass du siehst, dass ich mir den Glauben nicht ausgesucht habe. Das ist seit Generationen eine Familientradition, gewissermaßen, auch wenn immer nur Teile im vollen Umfang davon betroffen waren. Uropa Grotzinger war Pfarrer, sein Sohn war es, dessen Sohn, der mein Vater ist, ist es noch immer, und mein Bruder ist es auch. Ich will dich mit alldem nicht erschrecken, glaube mir das, bitte! Ich will nur, dass du es ein bisschen besser verstehst."

Sie hatte das so gesagt, dass es mich bis ins Mark rührte. Denn ich begriff erst jetzt, dass es nicht mein Atheismus gewesen war, der sie beleidigt hatte, sondern dass sie geglaubt hatte, dass ihr Halsschmuck meinen Atheismus beleidigt hätte. Deshalb, weil sie sich schuldig gefühlt und auf die Schnelle nicht gewusst hatte, wie sie sich verhalten sollte, war sie am Samstag wie ein erschrockener Vogel davongeflattert. Nun war ich es, der sich schuldig fühlte, da ich einmal mehr eine Situation vollständig fehlgedeutet hatte. Ich merkte, dass ich den Tränen nahe war.

„Komm her", sagte ich und nahm sie in meine Arme.

„Ich bin keine, die jemanden wegen seines Glaubens oder Unglaubens verurteilen oder nur schief angucken würde", hörte ich sie an meinem Ohr wispern. „Manchmal glaube ich, und manchmal glaube ich nicht. Die Kette mit dem Kreuz habe ich getragen, seitdem ich sie zur Konfirmation von meinen Eltern geschenkt bekommen habe. Aber ich habe sie eigentlich nicht als Symbol, sondern einfach nur als Schmuck angesehen. Meine Schwester ist übrigens nicht gläubig. Am Sonntag hat sie mir gesagt, dass sie aus der Kirche austreten wird, sobald unser Vater gestorben ist. Mama würde das nicht so arg treffen, meint sie, und da hat sie wohl recht. Claudia kann knallhart sein. Wenn sie mit Christian zusammenkommt, unserem Pfarrer-Bruder, fliegen regelmäßig die Fetzen. Und, ach..."

Plötzlich fing sie an zu kichern. Ich ließ sie langsam los, und sie hielt sich die Hand vor den Mund, da sie aus irgendeiner Erinnerung heraus ein Lachen überkam, das sie nicht allzu laut werden lassen wollte. Doch sie hatte sich bald wieder unter Kontrolle.

„Als sie sechzehn war und er also achtzehn, da hat sie ihm ein Gedicht geschrieben, das ihn fürchterlich aufregte und das ich natürlich auch lesen musste und seitdem nicht mehr vergessen kann. Es geht so:

Christian zieht die Mädchen an,

die woll'n an seinen Pipihahn,

denn schließlich heißt er Christian

und ist bestimmt ein heil'ger Mann,

ein segensreich potenter Mann.

Jedoch – er ist ein Liederjan,

zieht Mädchen lieber aus statt an

und schaut, was man da machen kann."

Nicht schlecht, dachte ich. Von einer Sechzehnjährigen verfasst, vorgetragen von einer Neunundzwanzigjährigen am Grab des Urgroßvaters, der geboren worden war, als Nietzsche gerade seine „Unzeitgemäßen Betrachtungen" veröffentlicht hatte, und der ein politisch engagierter Pfarrer gewesen war, dem ich die Gegenwart dieser Neunundzwanzigjährigen verdanke. Wirklich nicht übel.

„So", sagte ich und nahm ihre Hand. „Deine Idee, mich hierhin zu entführen, war ausgezeichnet. Ich habe einiges gelernt."

„Wirklich?"

„Ohne Schmus. Aber jetzt wird's dunkel, und darum gehen wir nun endlich zu mir und reden da weiter. In Ordnung?"

Sie war, sogar in außerordentlicher Weise, einverstanden. Bei mir tranken wir dann noch eine Flasche Rotwein und lösten alle Verständnisprobleme des vergangenen Samstags endgültig. Und diesmal dauerte es nicht weniger als zwölf Stunden, bis sie nach Hause ging.

Unsere Fahrt mit der „Köln-Düsseldorfer Rheinschifffahrt" fand am nächsten Wochenende statt. Der Herbstfahrplan bot nur begrenzte Möglichkeiten für Tagestouren, und so beschlossen wir, am Freitag nach Köln und am Samstag zurückzufahren. Die Nacht wollten wir bei ihrer Schwester in Düsseldorf verbringen, die uns in Köln abholen und dort auch wieder hinbringen würde. Brigitte telefonierte mit ihr und berichtete mir dann, dass sich

Claudia schon auf den Besuch freue und darauf gespannt sei, mich kennenzulernen.

Am Freitag um halb vier trafen wir uns in ihrem Laden, wo sie mit ihrer Mitarbeiterin noch ein paar Dinge zu besprechen hatte, bevor wir gehen konnten. Die Anlegestelle befand sich nur einen kurzen Fußweg entfernt am Brassertufer. Das Wetter war gut: nicht sonderlich sonnig, aber ohne drohende Regengefahr. Wir hatten beide nur mittelgroße Umhängetaschen mit dem Nötigsten für den Tag und die Nacht dabei, mehr brauchten wir nicht.

Brigitte zeigte sich in ausgelassener Stimmung. Ihre Euphorie über die gemeinsame Unternehmung ließ sie jugendliche Albernheiten über denkbare Zwischenfälle von sich geben – so juxte sie unter anderem: „Ich weiß gar nicht, ob mir so eine Schwimmweste überhaupt steht" – und mich wiederholt in den Arm zwicken. Die „MS Godesburg" lag schon am Kai, und die ersten Passagiere gingen an Bord.

„Das war meine Idee, und darum bezahle ich das jetzt auch", sagte sie vor der Kasse und drängte mich energisch zur Seite. Allzu kostspielig war die kleine Reise nach Köln allerdings nicht, so dass ich darüber auch nicht in Gewissensnot geriet.

Das Schiff war nicht sehr groß, doch in der Nachsaison hielten sich die Passagierzahlen in Grenzen, so dass wir auf dem Oberdeck noch ausreichend freie Plätze vorfanden. Pünktlich um 16.15 Uhr legten wir ab. Wir saßen auf einer Bank an der linken Seite und blickten in Fahrtrichtung, wo es gleich unter der Kennedybrücke hindurchging und der Kapitän, zur Ergötzung seiner Fahrgäste, das Horn schallen und hallen ließ.

„Ich fühle mich mindestens fünfzehn Jahre jünger", jubelte Brigitte und knuffte mir begeistert das Bein. „Es ist einfach toll, auf dem Wasser zu sein und die frische Luft im Gesicht zu spüren, und man sieht die Straßen und Häuser aus einer ganz anderen Perspektive... schau – da ist die Beethovenhalle!"

Ich schaute, und ich freute mich mit ihr.

„Wir sollten irgendwann mal eine richtige Seereise machen", fuhr sie fort. „Das wäre dann die Krönung!"

„Na, nun mal langsam. Wenn du jetzt schon so verjüngt bist, dann würdest du bei einer so großen Sache ja bis ins Babyalter zurückfallen, und ich weiß nicht, ob mir das gefallen würde."

„Ach, du Witzbold! Lass mich doch einfach mal träumen."

Das Schiff tuckerte gemächlich weiter in Richtung der Friedrich-Ebert-Brücke, unter der wir vor einer knappen Woche mit den Fahrrädern hindurchgefahren waren. Brigitte hatte ihre Unterarme aufs metallene Geländer gelegt und schien alles mit den Augen, ja mit allen Sinnen aufsaugen zu wollen. Als wir dann Grau-Rheindorf passierten, konnten wir die grün umhüllte Terrasse der Pizzeria erkennen.

„Da saßen wir am Samstag", sagte sie. „Ich hab mir den Mund verbrannt, und du hast dich über meine Kette und den Kellner geärgert. Vielleicht sitzt da jetzt auch gerade ein Paar, und der Mann ärgert sich, weil seine Frau von einem öligen Casanova angemacht wird. Was meinst du?" Sie sah mich grinsend an.

„Das ist durchaus möglich. Weil du gerade davon sprichst, möchte ich dir noch eine kleine Anekdote erzählen – von wegen der Kette."

„Dann erzähl mal."

Es war in Paris, irgendwann in den 20er Jahren. André Breton, der für seinen strikten Atheismus und seine Unnachgiebigkeit in ästhetischen und ideologischen Debatten bekannte Wortführer der Surrealisten, traf sich in einem Lokal mit Luis Buñuel, dem Regisseur, und René Magritte, dem Maler, der von seiner Frau begleitet wurde.

Eigentlich hatte man entspannt miteinander tafeln und plaudern wollen, doch Breton machte ein düsteres Gesicht, sprach kein Wort und schien insbesondere Magritte und dessen Gattin mit Nichtbeachtung strafen zu wollen. Die Stimmung am Tisch war mithin ausgesprochen frostig, da sich niemand traute, Breton nach dem Grund für seine Verfinsterung zu fragen.

Nach einiger Zeit aber platzte es aus ihm heraus: Er stand auf und erklärte mit zorniger Stimme, dass dies eine Zumutung, eine unverschämte und unerträgliche Provokation sei. Was er denn meine, wurde er gefragt. Selbstverständlich das Kreuz am Hals von Frau Magritte, erklärte er in einem Ton, als sei auch diese Frage schon eine Unverschämtheit. Noch bevor jemand etwas entgegnen konnte, zog er sich die Schuhe und Strümpfe aus und hielt Letztere der bedauernswerten Frau vor die Nase. Sie solle die Strümpfe auf der Stelle essen, forderte er sie auf. Natürlich weigerte sich Frau Magritte mit entschiedenen Worten, denn das sei doch, wie sie erklärte, wirklich unappetitlich und auch völlig unmöglich.

Daraufhin zog sich Breton seine Fußbekleidung wieder an, zeigte ein feines Lächeln und sagte zu ihr: *So ist es, Sie haben recht. Und damit sind wir quitt.*

„Das ist wirklich passiert?", fragte Brigitte.

„Ich weiß es nicht. Aber ich finde diese kleine Geschichte einfach wunderbar, denn sie ist so typisch für die Surrealisten. Was ich damit sagen wollte, ist, dass wir uns beide vergleichsweise elegant aus der Affäre gezogen haben."

„Das stimmt. Und ich bin sehr froh darüber. Du bist ja auch zum Glück kein André Breton."

„Zum Glück? Hast du mal ein Foto von ihm gesehen? Der Mann war sehr markant, stattlich, mit einem gewaltigen, schönen Charakterkopf. So würde ein kleiner, unbekannter Uni-Lehrer doch ganz gerne aussehen, ohne deswegen gleich der ganze Breton sein zu müssen."

„Jetzt hör auf, du bist doch markant genug. Und manchmal auch ein bisschen surrealistisch."

„Das ist ein wunderschönes Kompliment, vielen Dank." Ich wusste zwar nicht genau, wie sie das gemeint hatte, aber es schmeichelte mir wirklich, und darum beließ ich es dabei und legte ihr den Arm um die Schulter. Sie kuschelte sich an mich, und wir ließen unsere Blicke schweifen.

Die Landschaften zogen gemütlich an uns vorbei. Vornehmlich flach und grün. Der Fluss war hier sehr breit und vielfältigst befahren, und daher drängte er auch das eher unspektakuläre Land jenseits der Ufer leicht beiseite. Die Sportboote, die an uns vorbeizogen, kräftige Motorengeräusche aussendend und hohe, schäumende Wasserfalten hinter sich herziehend, ließen mich davon träumen, selbst einmal am Steuer eines solchen Gefährts zu sitzen – so wie Brigitte sich angesichts des Wassers eine Seereise imaginiert hatte.

Wir sind so leicht zu beeinflussen, dachte ich. Wir sehen einen Vogel – und wollen fliegen. Wir hören ein Stück von Beethoven oder Joni Mitchell – und wollen Klavier spielen können. Wir sehen ein Liebespaar – und wollen lieben und geliebt werden. Wir riechen das Wasser – und wollen über alle Meere fahren. Wir sind Fantasten. Wir wollen immer mehr, als wir haben. Wir wollen erkunden und entdecken, alles Erfühlbare erfühlen, alles Mögliche ermöglichen, alle Träume realisieren. Grenzenlos und unaufhörlich. So sind wir... *„Ich bin ein Mensch, und daher ist mir nichts Menschliches fremd."*

Um 18 Uhr legten wir am Kölner Rheingarten an. Als wir an Land gingen, erwartete uns eine großgewachsene Frau im dunkelroten Hosenanzug und schloss Brigitte sogleich in ihre Arme.

„Super, dass wir uns schon wieder herzen können, meine Kleine", waren ihre Begrüßungsworte. Dann ließ sie von ihrer Schwester ab und streckte mir ihre Hand entgegen. „Ich freue mich, dich zu sehen, Helmut", sagte sie und vermittelte mir in dem Moment, als ich ihr die Hand gab, einen bleibenden Eindruck ihrer Kraft.

„Ebenso, Claudia", erwiderte ich.

„Was wollen wir machen?", fragte sie uns beide. „Noch ein bisschen hier herumschlendern oder gleich zu mir fahren?"

„Ach, in Köln müssen wir uns eigentlich nicht länger aufhalten, oder, Helmut?"

„Nein."

„Alles klar", sagte die große Schwester. „Dann fahren wir jetzt los. In D-Dorf können wir ja noch irgendwohin gehen, wenn ihr wollt."

Ihr Auto stand ein paar Gehminuten entfernt in einem Parkhaus. Auf dem Weg dorthin fragte Claudia nach unseren Eindrücken von der „Schippertour". Brigitte berichtete sogleich von ihrer Begeisterung über dieselbe.

„Hätte mich auch gewundert, wenn du weniger glücklich hier angekommen wärst."

Dieser Satz der Schwester war mir nicht ganz klar. Vielleicht war er nur eine Floskel. Oder er bedeutete das, was ich gewiss hoffte, aber noch nicht zu glauben wagte, nämlich dass Brigitte ihr am Telefon gesagt hatte, dass sie glücklich sei.

Als wir ihren Wagen erreichten, staunte ich jedenfalls nicht schlecht: Es war ein silberner, mit blitzenden Leichtmetallfelgen und dicken, auf üppige Motorisierung hinweisenden Auspuffrohren ausgestatteter Mercedes.

Ich wusste seit kurzer Zeit, dass Claudia unverheiratet und kinderlos war und als EDV-Beraterin oder Software-Expertin ganz gut verdiente. Dass dies jedoch für ein derartiges Statussymbol genügte, hatte ich nicht geahnt.

„Donnerwetter", konnte ich mir also nicht verkneifen anzumerken, „hier ist offensichtlich ein echter Mädchentraum verwirklicht worden."

Die Reaktion der beiden fiel für mich ebenso unvorhersehbar aus wie es gerade eben die Existenz von Claudias Wagen gewesen war: Sie stutzten, sahen sich mit hochgezogenen Augenbrauen an – und brachen dann wie entfesselt in lautes Gelächter aus. Ich begriff gar nichts mehr, denn ganz so komisch waren meine Worte ja nun nicht gewesen.

„Du hast den Nagel auf den Kopf getroffen", japste Brigitte schließlich.

„Exakt", bestätigte ihre Schwester, ebenfalls noch ein wenig außer Atem. „Ich hatte mich nämlich wirklich schon als kleines Mädchen für schnelle und elegante Autos begeistert und hatte auch ein paar Quartettspiele und Modellautos, wie sie sonst nur die Jungs hatten."

„Und über ihrem Bett hing ein Poster von einem silbernen Mercedes-Sportwagen mit aufgeklappten Flügeltüren", ergänzte Brigitte.

„Ja, ein 300 SL von 1954. Ich war eben schon früh ein Technik-freak. Das hier", sie patschte mit der flachen Hand aufs Wagendach, „ist jetzt schon mein dritter Benz. Und nagelneu. Habe ich vor vier Wochen in Stuttgart abgeholt."

„Ich habe ihm kein Sterbenswörtchen davon erzählt, Claudi, nicht im Entferntesten. Aber vielleicht kann er ja Gedanken lesen." Sie sah mich an, als erwarte sie nun ein dementsprechendes Geständnis von mir.

„Zum Glück kann ich das nicht. Das war purer Zufall."

„Also gut", sagte Claudia, die nun schon die Tür geöffnet hatte, „dann darfst du jetzt mal in einem echten Mädchentraum fahren. Los, steigt ein."

Eine halbe Stunde später waren wir in Düsseldorf.

Claudias Wohnung war deutlich größer und heller sowie moderner eingerichtet und ausgestattet als Brigittes. Statt Jugendstil-Or-namentik herrschte Neue Sachlichkeit vor, statt eines mit Büchern vollgestopften Schranks an der Wand stand dort ein elegantes Highboard, über dem ein gewaltiges abstraktes Gemälde in leuchtendem Gelb und Rot hing. Man erkannte schnell, dass hier jemand lebte, der gut verdiente.

Die hellgraue Ledergarnitur war nicht unbedingt attraktiv, doch dafür wuchtig und bequem. Als sei das ihr Stammplatz, setzte sich Brigitte sogleich auf den Dreisitzer. Ich folgte ihr an ihre Seite.

„Was darf ich euch anbieten, ihr Lieben? Biggi – wie üblich?"

Die Befragte nickte heftig.

„Und du?"

„Hm, vorzugsweise Bier, falls du das hast."

„Klar, aber nur Alt. Ist das in Ordnung?"

„Gewiss."

Sie ging zu einer metallisch glänzenden kleinen Kommode, die sich als Hausbar entpuppte, und brachte eine halbvolle Flasche Armagnac sowie einen bauchigen Schwenker an den Tisch. Dann holte sie aus der Küche zwei Flaschen Alt-Bier und zwei dazu passende Gläser.

„Hups, da fehlt noch was!" Schon war sie wieder in der Küche und kam mit einem länglichen, silbrigen Gegenstand in der Hand zurück: ein Flaschenöffner in Gestalt einer sich räkelnden, nackten Frau – wie Marilyn Monroe auf einem ihrer ersten Pin-up-Fotos.

„Du stehst wohl auf Silber", sagte ich, während sie die Flaschen öffnete und uns einschenkte.

„Gut beobachtet, Helmut. Es sieht halt edel aus, wirkt aber nicht so schwer und aufdringlich wie Gold." Brigitte hatte sich inzwischen selbst bedient. Claudia setzte sich auf den Sessel, der vermutlich ihr Stammplatz war. „Na, dann mal Prost auf eure Ankunft in der Pension Claudi."

Sie ist eine lustige Person, dachte ich. Ähnlich offen und fröhlich wie ihre Schwester, doch nicht so charmant, eher auf burschikose Art witzig. Auch ziemlich selbstbewusst – und, ja, ein bisschen männlich.

Ich fragte sie nach ihrer Arbeit, von der ich lediglich eine vage Vorstellung besäße und gern mehr aus erster Hand erführe. Sie erzählte, dass sie seit fast zehn Jahren schon bei einer großen Elektronikfirma arbeite, wo sie gleich nach ihrem Informatik-Studium eine Anstellung bekommen hätte. Offensichtlich sei man dort recht zufrieden mit ihren Leistungen, denn inzwischen leite sie die ganze EDV-Abteilung. Natürlich sei das nicht immer ganz einfach, bedeute unter anderem auch unregelmäßige Arbeitszeiten, zum Beispiel wenn es nachts zu Störungen käme und eine rasche Problemlösung erforderlich sei, weshalb dann manchmal auch nicht viel Freizeit übrigbliebe, doch im Großen und Ganzen sei sie mit ihrer Tätigkeit und auch mit den Kollegen sehr zufrieden.

„Und was treibst du so, Herr Doktor, wenn du nicht gerade Biggi bezirzt?", kam dann die Gegenfrage.

Ich erzählte ihr in groben Zügen von meinen Aufgaben in Lehre und Forschung, von Studenten und Kollegen, und dass es durchaus eine Parallele zu ihr gäbe, da ich ebenfalls und nicht selten um Nachtarbeit nicht herumkäme.

„Und wann wirst du Professor?"

„Ha, das dauert noch. Bis dahin muss ich noch eine Menge Aufsätze schreiben."

Brigitte hörte uns nur zu und nippte gelegentlich an ihrem Armagnac. Nun mischte sie sich endlich ein, allerdings in einem nicht sehr fröhlich klingenden Ton:

„Da sind die Akademiker ja unter sich."

„Ach was, ich sehe mich nie und nimmer als Akademikerin", schmetterte Claudia den nur halbwegs verborgenen Vorwurf sogleich ab. „Ich bin Informatikerin, aber längst von der Uni runter. Ich arbeite in der Industrie, in der Wirtschaft. Bei ihm ist das natürlich anders, er ist der Musterakademiker."

Ich protestierte zwar gegen den Begriff, scheiterte mit meinem weitergehenden Versuch, den entstandenen Unmut meiner Freundin zu verwischen, jedoch kläglich. Denn sie sagte nichts weiter, stand auf und ging in die Küche.

„Lass uns über was anderes reden, Helmut", flüsterte mir Claudia über den Tisch zu und signalisierte dabei gestisch wie mimisch, dass ihr die plötzliche Verstimmung ihrer Schwester ebenfalls nicht entgangen war. Als diese mit einem Glas Mineralwasser zurückkam, entschied sie sich aber spontan, die Sache frontal anzugehen.

„Was ist los, Biggi? Habe ich irgendwas Falsches gesagt?"

„Nein, nein, hast du nicht, habt ihr beide nicht." Sie setzte sich und bemühte sich um ein kleines Lächeln. „Entschuldigt bitte, dass ich euch die gute Laune verdorben habe – aber es ist mir gerade sehr deutlich geworden, dass ich die Einzige bin, die nicht studiert hat."

„Die Einzige? Was soll das denn bedeuten?" Trotz der Frage hatte Claudia wohl bereits begriffen, das sah ich ihr an.

„Soweit ich sehen kann, bin ich von studierten Menschen umgeben: ihr beide und Christian, Papa und Mama, und meine Freunde auch. Ich bin die einzige dumme Gans unter allen."

„So ein gequirlter Quark", widersprach Claudia energisch. „Du bist intelligent und außerdem viel gebildeter als ich. Und Chris hat von allem, was nicht Theologie ist, keinen blassen Schimmer. Seit wann geht's dir denn um irgendwelche Titel?"

„Seit eben."

Ich ergriff ihre Hand, die neben mir auf dem Couchleder lag, und drückte sie fest.

„Claudia hat recht, du redest Unsinn. Was ist denn mit deinen Kolleginnen oder mit deinen Kunstfreunden? Ich bezweifle, ob die allesamt akademische Titel tragen."

„Na ja, einige von denen vielleicht nicht, so genau weiß ich das eigentlich nicht. Ach je, tut mir leid, das ist wohl nur so ein blöder Durchhänger."

So konnte man das natürlich auch nennen. Aus meiner Sicht war es jedoch eher eine Reaktion auf das Gespräch zwischen ihrer Schwester und mir, eine Reaktion der Eifersucht also, die aus Plausibilitäts- und Ablenkungsgründen nach außen hin noch mit einem Schuss Minderwertigkeitsgefühl versehen worden war. Denn Brigitte achtete tatsächlich nicht sonderlich auf akademische Grade, gerade auch mein Doktortitel hatte sie bislang nicht übermäßig interessiert. Nein, es war vielmehr so, dass es sie fuchste, dass Claudia und ich uns auf Anhieb ausgezeichnet verstanden.

Sie hatte sich aber bald wieder unter Kontrolle. Ihre große Schwester erwies sich zudem als perfekte Gastgeberin, denn es gelang ihr problemlos, mit flotten Sprüchen und so derben wie effektiven Späßen, bei denen vor allem der Bruder nicht gut wegkam, die Stimmung von jeder Last zu befreien. Die Schwestern ließen mich an einigen ihrer Kindheits- und Jugenderinnerungen teilhaben, und wir amüsierten uns prächtig. Irgendwann nach Mitternacht fiel uns ein, dass wir am nächsten Tag nicht zu spät aufstehen durften, um das Schiff nicht zu verpassen, und gingen also notgedrungen zu Bett. Claudia verfügte über ein geräumiges und, im Unterschied zum Wohnzimmer, fast nostalgisch eingerichtetes Gästezimmer, wo wir gut schliefen.

Am Samstagmorgen waren wir rechtzeitig in Köln. Da es überraschend stark regnete, hielten wir die Abschiedszeremonie so kurz wie möglich. Das Schiff war wieder die „MS Godesburg". Als Brigitte und ich durch die Fenster des Bordrestaurants spähten, war Claudia bereits außer Sicht. Die Abfahrt erfolgte pünktlich um 9.30 Uhr, und drei Stunden später legten wir in Bonn an.

Wir hatten gut gefrühstückt und daher auf dem Schiff außer Kaffee nichts zu uns genommen. Nun war es an der Zeit, wieder ans Essen zu denken, und so gingen wir – zum Glück nur von leichtem Nieselregen gestört – in ein Lokal am Marktplatz. Wir unterhielten uns, sprachen sogar über ihren „Durchhänger" vom Abend zuvor, wobei ich meine Eifersuchts-Vermutung tunlichst unerwähnt ließ, und blieben noch den halben Nachmittag zusammen. Dann musste sie in ihren Laden, um nach dem Rechten zu sehen, und ich hatte zuhause auch noch was zu tun. Also trennten wir uns, um uns über einige Tage hinweg nicht wiederzusehen.

Aber am Dienstag traf in meinem Uni-Büro ein Brief ein – von Claudia.

Fünfzehn

Ich weiß nicht, wie lange wir so bei der Eiche im Englischen Garten lagen, uns küssten und streichelten und Worte zuflüsterten, die hier nicht wiedergegeben werden sollen. Es war jedoch, wie es immer ist, eine halbe Ewigkeit, die viel zu schnell vorüberging.

Zwischendrin erzählte sie, während sie mir mit den Fingern durch die Haare fuhr oder ihre warme Hand auf meiner Brust ruhen ließ, dass sie zuerst, also bald nach ihrer Ankunft, geglaubt habe, dass ich noch immer unter dem Verlust meiner Frau leide und daher Trost und freundlichen, ja freundschaftlichen Zuspruch brauche, da ich mich doch so griesgrämig und widerborstig zeigte. Und dann sei da natürlich auch noch der ungeheure Respekt vor mir gewesen. Aber nach einer Weile, also noch am selben Abend, habe sie etwas in sich entdeckt, mit dem nicht zu rechnen gewesen sei: eine starke Sympathie für mich und ein starkes Interesse an allem, was mich umgibt und mit mir in irgendeiner Weise zu tun hat. So habe sie dann, während ich Getränke holte oder mal aus anderen Gründen verschwunden war und während Olaf ihr irgendetwas sagte, mit den Augen meine Bücherregale durchforscht, dabei die wundersamsten und rätselhaftesten Namen und Titel erspäht, die Bilder von meiner Frau gesehen, an denen es in dem Zimmer ja nicht mangele, und festgestellt, dass sie eine wunderschöne Frau gewesen sei, und schließlich auch meine Musikabteilung entdeckt, die eine ganz besondere Neugier in ihr geweckt habe, der nachzugeben sie sich dann aber nicht getraut habe.

Sie erzählte, dass es heute Morgen das allergrößte Kompliment für sie gewesen sei, dass ich ihr Kleidungsstücke meiner Frau anvertraut habe, das habe sie geradezu umgeworfen. Nebenbei gab sie zu, sich mir durchaus bewusst in spärlicher Bekleidung gezeigt, meine Reaktion darauf aber auch sehr souverän gefunden zu haben. Olafs Aufforderung, dass wir zwei gehen sollten, sei ihr dann wie ein Geschenk des Himmels vorgekommen. Sie sei sogleich sehr aufgeregt gewesen und habe jeden Augenblick genossen. Das kleine Schauspiel, das ich auf dem Viktualienmarkt aufführte, sei dann der Auslöser gewesen: Daran habe sie endgültig erkannt, dass ich nicht so ein autoritärer, streng wissenschaftlich orientierter Mensch sei, wie Olaf es ihr immer wieder gesagt hatte, sondern ein in jeder Hinsicht außergewöhnlicher Mann, der für allerlei Überraschungen gut sei. Und so habe sie sich in mich verliebt und dann auch nicht lange gezögert, mir das auch zu zeigen.

Mein kleiner Schwächeanfall war inzwischen vergessen. Ich hörte ihren schmeichelhaften, wiederholt von gegenseitigen Liebkosungen unterbrochenen Ausführungen aufmerksam zu. Konnte das denn wirklich alles wahr sein? Was war denn nun mit Olaf?

Also fragte ich sie.

„Ich mag ihn", sagte sie. „Und ich werde mit ihm nach Venedig fahren, keine Frage. Denn ich möchte ihn nicht unnötig verletzen. Aber er ist kein Mann fürs Leben. Das wusste ich schon, bevor ich dir begegnet bin. Er ist oft euphorisch, aber man spürt, dass diese Euphorie kein stabiles Fundament hat. Ich hätte mich sowieso, früher oder später, von ihm gelöst oder entfernt, oder wie auch immer man das nennen soll. Nun wird es eben ein bisschen früher sein, schätze ich."

Oha, dachte ich, jetzt wird's interessant!

„Was hast du vor?", fragte ich.

„Was ich vorhabe, ist noch nicht ganz klar. Aber ich weiß, was ich gefunden habe", da grinste sie, während sie die Kunstpause einlegte, wieder so feenhaft, „nämlich meinen Traummann."

„Meine Güte – das ist ein großes Wort!"

„Nein, ein zutreffendes Wort."

Sie erzählte mir, dass sie seit ihrer Kindheit von einem Mann träume, der klug und fantasievoll sei und Spaß verstehe, was nicht zuletzt daran läge, dass ihr Vater ein sehr engstirniger und humorloser Mann gewesen sei, bevor er unerwartet, aber nicht gänzlich unerwünscht seinen letzten Atemzug getan habe – wozu mir sofort ein durchaus vergleichbares Vaterschicksal einfiel. Sie habe immer nach diesem Traummann gesucht, ihn aber, trotz zahlloser Abenteuer, nie gefunden... bis gestern, bis heute, bis jetzt, und darum...

Es war der längste und der intensivste Kuss von allen. Und ich musste dabei an die langen und intensiven Küsse von damals denken und – ja: sie waren alle, die damaligen wie die jetzigen, sehr, sehr schön!

Was uns schließlich zum Aufbruch bewegte, war nicht der Gedanke an Olaf, denn mein diesbezügliches schlechtes Gewissen war inzwischen so weit entfernt wie der zuerst peinliche, dann aber in unvorhersehbarer Weise katalytisch wirkende Schwächeanfall, sondern ein Grummeln im Hintergrund, das sich rasch zu einem veritablen Donnergrollen entwickelte.

Um uns herum waren nur noch wenige Leute zu sehen, und wir registrierten, einigermaßen erstaunt über unsere völlig mangelhafte Himmelswahrnehmung während der vergangenen dreißig oder auch nur zwanzig Minuten, dass wohl die aufgezogenen dunklen Wolken die Hauptursache dafür waren.

„Gott zürnt uns, aber er kann, so er sich auch auf den Kopf stellen mag, nichts mehr ändern", lästerte ich, während wir uns mit forschen Schritten in Richtung Prinzregentenstraße bewegten.

„Ha! Gott ist doch sowieso tot", rief sie wild und quetschte mir dabei die Hand.

Dieser Ausruf überraschte mich. Kannte sie etwa Nietzsche? Ich wollte vorerst nicht darauf reagieren, nahm mir jedoch vor, sie irgendwann später einmal danach zu fragen.

Die ersten Tropfen fielen. Und dann ging es richtig los. Wir beeilten uns zwar, doch bevor wir die U-Bahn-Station erreicht hatten, waren wir bereits gründlich durchnässt. Aber wir lachten. Es hätte Kröten oder Kakerlaken regnen können, und auch das hätte uns nicht gestört. Denn es war alles gut so, wie es war. Wir befanden uns im Zustand des Seelentaumels, wir waren glücklich und trunken vor Glück. Wir kicherten – ja, der Herr Professor vergaß sich und kicherte wie ein Pennäler – und lachten die ganze Zeit, auf dem Bahnsteig und im Zug. Natürlich schauten uns die Leute an, aber die meisten, eigentlich fast alle, außer ein paar ganz alten und ganz jungen Hubers, schmunzelten oder nickten verständnisvoll. Wir waren keine wirkliche Sensation, offensichtlich ja auch keine Außerirdischen und keine Freaks – wir waren nur frisch verliebt.

Sechzehn

Lieber Helmut,

weil ich dich auf keinem anderen Weg zu erreichen weiß, schicke ich eben einen Brief an die Universität, der dich da bestimmt erreichen wird. Nun mach keine so großen Augen, es geht um nichts Schlimmes, sondern nur um mein Schwesterchen. Aber es ist wichtig und dringend genug. Darum also!

Brigittes kurzes Aushaken am Freitag war für mich eine große Überraschung. Ich wusste zwar, dass sie ziemlich eingenommen von dir ist, aber dass sie inzwischen so wahnsinnig an dir festhängt und mich deswegen auch schon eifersüchtig beäugt, war mir neu. Und du schienst mir auch einigermaßen überrascht davon zu sein.

Meine Bitte an dich ist also die folgende: Gehe sehr pfleglich mit ihr um, ermuntere und bestärke sie. Denn: wenn sie verliebt ist, ist sie schwach! Das war mit Walter (von dem sie dir ja erzählt hat), diesem Vollidioten, schließlich fatal, aber mit dir, und da bin ich mir fast sicher, wird es nicht so sein. Wenn du aber nur die geringste Unsicherheit über deine Liebe zu ihr spürst, dann rede mit ihr darüber, damit sie, wenn du es dir dann tatsächlich anders überlegst, nicht ganz so tief fällt, wie sie andernfalls fallen würde.

Da du ein cleveres Kerlchen bist, wirst du mich verstehen. Ich weiß das!

Beste Grüße

Claudia

PS: Und falls alle Stränge reißen – ich bin ja auch noch da...

(Achtung: Spaß!!!)

Kurz darauf rief ich in Nepomuks Buchladen an. Eine ihrer Kolleginnen ging ran und informierte mich, dass Frau Falkenhagen krank und zuhause sei. Sofort rief ich bei ihr an, doch sie meldete sich nicht. Als sich der Anrufbeantworter einschaltete, fragte ich wild drauflos, was denn los sei, warum, wieso... – und dann nahm sie ab.

„Mir geht's wirklich nicht ganz gut, Helmut."

„Was ist denn mit dir?"

„Wie gesagt – ich bin nicht gut drauf."

„Das sind doch alles keine Antworten! Hast du deine Tage? Hast du Cholera? Oder bist du immer noch angesäuert wegen der Sache bei Claudia? Warum rückst du nicht raus mit der Sprache? Sei doch bitte ehrlich zu mir – ich werde schon nicht gleich sterben, solang du nicht vor mir stirbst."

Kurzzeitig war Stille in der Leitung, dann hörte ich ein leises Glucksen. Und dann:

„Ach, du Trottel! Wenn du jetzt hier sein könntest..."

„Bin schon so gut wie bei dir!" Der Hörer landete hart auf seiner Ruheposition. Ich fühlte mich wie von Furien angetrieben, rief meinem Kollegen Walter zu, dass ich sofort wegmüsse, und stürmte hinaus.

Höchstens 15 Minuten später drückte ich ihren Klingelknopf.

Oben öffnete mir ein bleichgesichtiges, strubbelhaariges Mädchen in einem zu großen Männerschlafanzug die Tür und lächelte mich vorsichtig an. Aber – das war sie!

„Da wird doch der Hund in der Pfanne... und so weiter", ächzte ich, da mich die anhaltende Bewegung einigen Atem gekostet hatte, und ich erkannte im selben Moment, dass in diesen Worten ein Nachhall des letzten Freitagabends, als uns die stattliche Schwester aus der Hilflosigkeit gerissen hatte, mitklang. „Du siehst ja aus wie Pippi Langstrumpf auf Heroinentzug! Entschuldige, aber..." – und ich musste sie doch endlich umarmen und drücken und festhalten.

Es mag nun auf penetrante Weise romantisch und geradezu kitschig erscheinen, aber wir verhakten uns derart ineinander, dass es uns einige Probleme bereitete, so schnell wie möglich ins Bett zu gelangen. Nach einigem Straucheln und Kichern und voreiligem An-den-Kleidern-Herumnesteln schafften wir es dennoch. Und dort blieben wir dann auch einige Stunden lang. Genereller und in über den Tag hinausreichender Hinsicht gesagt, natürlich abzüglich der Zeit, die uns unsere Pflichten abverlangten: noch weitaus länger.

Claudia sei Dank.

Theoretisch waren wir ab diesem Zeitpunkt miteinander verlobt.

Aber ganz so einfach war die Sache natürlich nicht. Denn ihre Eltern hatten von meiner Existenz noch keine Ahnung. Und sie gestand mir, dass sie das Einverständnis ihrer Eltern für notwendig erachte, um mit jemandem eine feste Verbindung eingehen zu können. Ja, auch bei Walter sei das so gewesen, antwortete sie mir auf meine Frage; doch da seien Papa und Mama eben auch zu blind und dumm gewesen, um die schrecklichen Folgen ihrer Einwilligung voraussehen zu können.

Es entstand die Idee, ihre Eltern zu ihrem dreißigsten Geburtstag am 16. Dezember einzuladen und mich ihnen bei dieser Gelegenheit als Kandidaten vorzustellen.

„Zu meinem Dreißigsten müssen und werden sie kommen, keine Frage", war sie überzeugt. Und sie behielt recht.

Zwei Monate später war ihre Wohnung angefüllt mit Menschen. Doch da die Wohnung gar nicht so groß war, konnte man sich über die Anzahl der Gäste leicht täuschen, und die lag, wie wir später nachrechneten, exakt bei fünfzehn: ihre Eltern also, plus Claudia, plus Christian mit Frau und den zwei Töchtern, plus zwei Kolleginnen, plus zwei Kunstfreunden (einer von ihnen der krebskranke Maler Bernhard) und zwei Kunstfreundinnen, plus einer alten Schulfreundin, plus meiner Wenigkeit.

Es war eine tolle und vor allem erfolgreiche Party. Ich hatte viel Spaß mit Claudia, ließ mich geduldig von Bernhard vollsülzen und unterhielt mich gut mit Beate, Brigittes einstiger Klassenkameradin, die nun Architektin war und mir von Frank Lloyd Wright vorschwärmte, zu dem ich auch etwas sagen konnte – schon allein deshalb, weil ich das Lied kannte, das Simon & Garfunkel ihm gewidmet hatten.

Brigitte schwirrte während der ganzen Zeit umher, wirkte bei ihren Stopps jedoch immer so, als sei sie das geduldigste Wesen der Welt. Ihr Bruder war indes ganz der schwierige Gesprächspartner, der mir angekündigt worden war, denn er redete vollkommen humorlos, durchbohrte mich mit seinen Blicken und stellte dabei wohl fest, obgleich er es nicht aussprach, dass meine geistige Orientierung den Vorstellungen Luthers oder Calvins in keiner Weise entsprach.

Meine Freundin, das Geburtstagskind, war insbesondere deswegen so aufgeregt, da sie bezweifelte, den geeigneten Zeitpunkt zu erwischen, mich ihren Eltern als offiziellen Verlobungsanwärter vorzustellen, denn rein namentlich und physisch waren wir uns ja bereits vorgestellt worden, und da sie ebenso wenig daran glaubte, dass selbst das Erwischen des geeigneten Zeitpunkts genügen werde, ihren Eltern, womit vor allem der Vater gemeint war, ein simples Kopfnicken abzugewinnen. Einmal zischte sie mir im Vorbeigehen zu: „Es klappt nicht! Ich ahne, dass es nicht klappt!"

Aber es klappte.

Natürlich war es Claudia, die die Initiative ergriff und mich mit den Eltern, die gerade mit Kuchenstückchen in der Hand in einer Ecke des Wohnzimmers standen, zusammenführte.

„Wisst ihr, wer das ist? Das ist Helmut, einer der klügsten und sympathischsten Menschen, die auf diesem Planeten leben", tönte sie hemmungslos und ohne Vorwarnung. „Ich würde ihn sofort heiraten, wenn sich nicht schon eine andere Frau rettungslos in ihn verliebt hätte – und jetzt dürft ihr dreimal raten, wer diese Frau ist. Aber lasst euch Zeit, denn die Sache ist es wert, das man sich Zeit dabei lässt."

Ich wollte in Grund und Boden versinken. Doch gleich nach dem letzten Wort, das Claudia gesprochen hatte, fiel der Mutter das restliche Kuchenstück aus der Hand – und ein Reflex brachte mich dazu, es aufzufangen.

„Das ist jetzt zwar bewahrt, aber dennoch entbehrlich", hörte ich mich sagen. „Wenn Sie möchten, hole ich Ihnen ein frisches Stück."

„Nein, das ist schon gut", sagte sie und lächelte in einer schwer interpretierbaren Art. „Ich esse es fertig. Machen Sie sich keine Mühe." Und sie nahm das kuchige Übrigbleibsel aus meiner Hand und steckte es sich in den Mund. Und während sie es einspeichelte und mit geringem Aufwand kaute und letztendlich hinunterschluckte, begutachtete sie mich.

„Sie sind der Freund meiner Tochter?"

„Ja. Genau der bin ich."

„Wie lange kennen Sie sie schon?"

„Ich habe das Gefühl, Brigitte schon seit vielen Jahren zu kennen, und zugleich weiß ich, dass das nicht sein kann. Ich fürchte, Ihre Frage muss daher unbeantwortet bleiben."

Sie machte große Augen – und in diesem Moment schaltete sich der Vater ein.

„Wollt ihr heiraten?"

„Wir haben noch nicht darüber gesprochen", erwiderte ich aufrichtig.

„Selbstverständlich werden sie das tun", mischte sich Claudia ein. „Sie haben sich vor einem halben Jahr das erste Mal gesehen, und sofort war klar, dass es nirgendwo ein anderes Paar gibt, das so gut zusammenpasst. Aber sie haben es nicht eilig damit, und außerdem sind beide ja beruflich sehr in Anspruch genommen."

Sie legte alles daran, ihre Eltern zu beschwatzen. Sie log, dass sich die Balken bogen, sie schwärmte, als sei sie selbst verliebt, und sie setzte sogar das protestantische Arbeitsethos ein, um die Eltern zu überzeugen. Ich konnte darüber nur staunen.

„Du scheinst dir ja sehr sicher zu sein", sagte die Mutter zur Lobeshymnensängerin und ging ihr somit in die aufgestellte Falle.

„Das bin ich. Vielleicht kannst du dich daran erinnern, dass ich mir auch damals, als ein gewisser Walter Falkenhagen ihr den Hof machte, sicher war, dass er ganz und gar nicht zu ihr passt. Aber ihr wart alle geblendet von seiner Aufschneiderei, Brigitte ja leider an erster Stelle, und ihr wolltet nicht auf mich hören. Ich bin die beste Menschenkennerin der ganzen Familie, ob euch das gefällt oder nicht..."

Bevor ich mir die peinliche Situation, in der ich mich befand, da ich hier wie ein Unbeteiligter herumstand, obwohl es doch gerade um mich ging, und die Unverfrorenheit, mit der Claudia auf ihre Eltern einredete, noch weiter bewusst machen konnte, war Brigitte bei uns, und aus ihrem Gesicht leuchtete eine Mixtur aus vordergründiger Fröhlichkeit und hintergründiger Panik.

„Da stehen meine Lieben ja alle auf einem Haufen! Na, unterhaltet ihr euch gut?"

„Aber ja, mein Kleines", sagte ihre Mutter und nahm sie bei der Hand. „Und du läufst die ganze Zeit herum wie ein aufgescheuchtes Reh, und ich habe gar nichts von dir. Und, ehrlich gesagt, ich würde mich gerne mal hinsetzen."

„Ach, entschuldige bitte, natürlich." Brigitte sah sich um: Die einzige Sitzgelegenheit im Raum, das Sofa, war von den Kuchen essenden und Kaffee trinkenden Künstlerinnen besetzt. „Dann lasst uns doch in die Küche gehen, da könnt ihr euch setzen."

Wir gingen also zur Küche, wo immerhin zwei freie Stühle am Tisch standen. Mit den Eltern, die sogleich Platz nahmen, und Brigitte, die an der Spüle lehnte, war der kleine Raum schon so gut wie voll. Claudia und ich blieben an der Küchentür stehen.

„Das ist mir zu eng hier. Bis nachher dann", sagte Claudia zu den dreien und zog mich mit sich in Richtung Wohnungstür. Während sie sich Brigittes Schlüssel schnappte, sagte sie zu mir: „Lass uns runtergehen. Da können wir uns ungestört unterhalten."

Vor der Haustür, wo uns die sehr milde Dezemberluft umgab, holte sie eine Packung Menthol-Zigaretten aus ihrer Jackentasche und zündete sich eine an.

„Ich wusste nicht, dass du rauchst", bemerkte ich.

„Ich bin Gelegenheitsraucherin. Und jetzt ist so eine Gelegenheit." Sie paffte genüsslich. „Das lief doch ziemlich gut, oder?"

„Du hast Nerven wie Drahtseile, meine Liebe, das muss man dir lassen. Und eine begabte Schauspielerin bist du obendrein. Vorübergehend hatte ich den Eindruck, dass du diejenige seist, die mich heiraten will."

„Keine schlechte Idee", sagte sie. „Aber Spaß beiseite: Ich musste ja irgendwas tun, denn Biggi war viel zu aufgeregt. Jetzt muss sie sich nur noch ein bisschen zusammennehmen, und das Kind ist geschaukelt."

„Hoffentlich irrst du dich nicht."

„Ich irre mich selten, wenn überhaupt." Sie fixierte mich und legte mir ihre freie Hand auf die Schulter. „Und ich tu alles für euch, was mir möglich ist. Wenn ich schon nicht die Glückliche sein kann, dann soll wenigstens sie es sein."

„Na, na – du flirtest doch nicht etwa mit mir?"

„Wie kommst du denn darauf?" Sie blies mir ihren Pfefferminzrauch ins Gesicht und grinste mich an. „Keine Angst, Helmutchen, ich tu dir nix."

Sie hatte sich nicht geirrt. Als fast alle Geburtstagsgäste gegangen und die Eltern sowie Christian mit Familie wie vorgesehen in einem Hotel untergebracht worden waren, saßen die Schwestern und ich noch im Wohnzimmer, wo wir den Zustand vor dem Fest leidlich wiederhergestellt hatten, und begossen die Tatsache, dass die Eltern der Verlobung ihren Segen gegeben hatten.

„Ich bin dir so dankbar, Claudi", sagte Brigitte nun schon zum dritten Mal. „Ohne dich wäre die Sache schlichtweg in die Hose gegangen."

„Halb so wild. Man muss sie nur bei ihrer Ehre packen, dann funktioniert's", gab sich die große Schwester weiterhin gelassen und souverän. Sie hatte, so wie ich, eine Flasche Bier in der Hand. Brigitte labte sich an einem Gemisch aus Bordeauxwein und Mineralwasser. „Und unser Freund hier", ich bekam einen Klaps aufs Bein, „hat eben auch einen guten Eindruck gemacht."

„Obgleich ich nur sehr wenig mit den beiden gesprochen habe. Ich begreife es eigentlich noch immer nicht", gab ich zu.

„Mama war gleich von dir angetan, das habe ich gesehen", sagte Claudia.

„Ja, sie hat mir gesagt, dass du ihr zurückhaltend und fast schüchtern begegnet seist und sie das als angenehm empfunden habe. Unter anderem auch deswegen, weil du dir als Doktor an der Universität doch ganz schön was auf dich einbilden könntest."

„Ach ja", seufzte Claudia manieriert, „wir Grotzinger-Weiber stehen halt auf solche Typen wie dich." Sie trank die Flasche leer und stand dann auf. „So. Und nun werde ich auch aufbrechen."

„Du kannst doch bei uns übernachten", schlug Brigitte vor. „Das wäre schön. Außerdem hast du getrunken."

„Keine Bange, Süße. Ich schaff' das schon."

Sie hatte sich entschieden, und dabei blieb es. Und ich hatte zumindest eine Ahnung, warum sie nicht bleiben wollte: Die Vorstellung, auf dem Sofa zu liegen, während ein paar Meter nebenan Brigitte und ich sozusagen im Verlobungsbett lagen, wäre ihr an diesem Abend wohl nicht sonderlich behaglich gewesen.

Fünf Minuten später war sie weg.

Ungefähr fünf Jahre später, also drei Jahre nach unserer Heirat, war die Konstellation eine ganz andere und die Situation wesentlich unbehaglicher: Ich lag mit einer anderen Frau im Bett – und Brigitte sah uns zu.

Courtney Jameson war eine optisch eher unauffällige Studentin. Sie war klein, trug eine schwarz eingefasste Brille und in der Regel preiswert erscheinende Kleidung, vornehmlich weite Jeans und dunkelblaue Shirts oder Pullover. Sowohl ihr gutes, manchmal auch drolliges Deutsch, das durch den schottischen Akzent eine zusätzliche sympathisch-amüsante Nuance gewann, als auch ihre klugen, offenbar gut vorbereiteten Fragen ließen jedoch jeden, der sie hörte, früher oder später aufhorchen.

Das erste Mal sah ich sie in einem Café, wo Walter und ich öfters hingingen, um wenigstens für eine Stunde der Enge unserer Büros zu entfliehen. Sie saß allein an einem Tisch, las konzentriert im Vorlesungsverzeichnis und machte Anstreichungen. Da das Sommersemester längst begonnen hatte, amüsierten wir uns ein bisschen darüber. „Da ist jemand aber sehr früh dran", bemerkte mein Kollege.

Das nächste Mal war es am Eingang zur Universitätsbibliothek, wo wir zusammenstießen, da sie von der großen Büchermenge abgelenkt war, die sie transportierte, und ich wieder einmal irgendwelchen Gedanken den Vorzug vor der Außenwelt gab. Wir entschuldigten uns gleichzeitig, lächelten uns an, und ich hielt ihr dann die Tür auf, wofür sie sich wortreich bedankte. Mehr geschah nicht, aber ich hatte sie nun sprechen gehört. Später kam mir diese kurze Begegnung wie eine Art von Schicksalsfügung vor, denn beim nächsten Mal war es dann schon ein Wiedersehen.

Wenige Tage darauf sah ich sie in meinem Proseminar sitzen. Sie sagte nichts, sondern hörte nur aufmerksam zu. Es ging um Schiller und seine „Maria Stuart", und der Großteil der ohnehin nicht sonderlich zahlreichen Teilnehmer wirkte seit Semesterbeginn wie ein Haufen Verirrter, die entweder das Thema oder ihre eigene Aufnahmebereitschaft falsch eingeschätzt hatten und bemüht waren, nicht aufzufallen. Nach anderthalb zähen Stunden war meine Pflicht getan.

Alle anderen waren bereits hinausgerauscht, als Courtney zu mir kam.

„Guten Tag, Herr Doktor Reimann. Ich freue mich sehr, Sie zu sehen, und ich freue mich ebenso sehr, dass ich diese Seminarsitzung erleben durfte."

Das waren ungewöhnliche Worte. Doch so, wie sie ausgesprochen wurden, klangen sie sehr angenehm. Und natürlich hatte ich bereits am Sitzungsbeginn das Mädchen vom Café, das mit mir zusammengestoßen war, wiedererkannt.

„Guten Tag. Ich schließe aus Ihren Worten, mit so viel Erstaunen wie Bewunderung, dass Sie sich nicht gelangweilt haben."

Sie zeigte ein merkwürdiges, schräges Lächeln, das nicht so ganz zu der erlesenen Höflichkeit ihrer Worte passen wollte. Einige Zeit später wusste ich jedoch, dass dieses Lächeln, das einem das Gefühl gab, dass sie mehr wusste als man selbst, so zu ihr gehörte wie ihre Intelligenz, ihre Hartnäckigkeit und ihr starker Sexualtrieb.

„Nein, ich habe mich nicht gelangweilt. Ich erkenne, dass Sie meinen, diese Studenten hier", sie deutete auf die leeren Tische und Stühle, „sind etwas müde und sie sagen nicht viel. Aber Sie, Herr Doktor Reimann, sind sehr gut."

Dann erzählte Sie mir, dass sie aus St. Andrews käme, dass sie aufgrund guter Leistungen ein Stipendium für zwei Auslandssemester erhalten habe, dass sie nach entsprechenden Tipps und Empfehlungen erfahrener Studenten sich für Bonn entschieden habe, dass sie aber kurz vor Semesterbeginn schwer krank geworden sei und daher vieles verpasst habe, das sie nun nachholen müsse. Sie wolle sehr gerne weiter an meinem Seminar teilnehmen, wenn das möglich sei.

„Das ist selbstverständlich möglich", sagte ich. „Wenn Sie möchten und sich ein bisschen einlesen, dürfen Sie sich beim nächsten Mal auch aktiv beteiligen und ihren Kommilitonen auf die Sprünge helfen. Das können die ganz gut gebrauchen."

„Ich freue mich sehr, und ich werde das sehr gerne tun." Sie fügte an, dass sie, während sie im Krankenbett gelegen habe, mein Buch über Schiller und Shakespeare gelesen habe und es sehr schätze – was mich ziemlich erstaunte, denn von Studenten war ich bislang auf meine Dissertation, die allerdings auch erst seit einem halben Jahr in Buchform vorlag, noch nicht angesprochen worden. Und ich hatte am Semesterbeginn darüber nachgedacht, sie in diesem Seminar, zu dem sie ganz gut passte, einmal zur

Sprache zu bringen, den Gedanken aber fallen lassen und lieber abwarten wollen, ob die Studenten von selbst darauf kämen.

„Es war sehr freundlich von Ihnen", sagte sie dann noch, „dass Sie mir geholfen haben, als wir bei der Bibliothek diesen kleinen Unfall hatten. Vielen Dank."

Wir verabschiedeten uns, und mit ihrem asymmetrischen, wissenden Lächeln auf den Lippen ging sie fort.

Eine Woche später beeindruckte sie uns alle mit ihrer Sachkenntnis, ihrem Blick fürs Wesentliche und ihren wie ausgesucht klingenden Formulierungen. Es war, als würden die anderen ihre Gegenwart erst jetzt zur Kenntnis nehmen, und teils unruhig, teils neugierig darauf reagieren. Viel mehr kam zwar noch nicht heraus, aber es war ein Hoffnungsschimmer. Danach kam sie wieder zu mir.

Ich betrachtete sie etwas genauer. Ihr Gesicht war blass und glatt, sie hatte grüne Augen, eine hohe, vom fransigen Pony nur unzureichend verdeckte Stirn, eine schmale Nase und einen volllippigen Mund, der immer wieder die kleinen, aber strahlend weißen Zähne freilegte. Ich schätzte ihr Alter auf Anfang zwanzig.

„Sie haben für eine frische Brise in diesem Raum gesorgt", sagte ich.

Sie zeigte sich hocherfreut, von mir ein solches Kompliment zu hören. Sie entschuldigte sich noch einmal für den späten Einstieg in den Kurs. Es sei ihr leider nicht möglich gewesen, das Semester vorzubereiten und Veranstaltungen in aller Ruhe auszuwählen.

Sie sei sehr verunsichert gewesen, habe dann aber glücklicherweise mein Seminar entdeckt, in das sie nach der Lektüre meines Buchs noch unbedingt habe hineingehen wollen.

„Es ist eine Sache von Glück", fasste sie alles zusammen.

Dieser eine Satz war es, der mir sofort als ein Strahl aus Worten durchs Gehirn fuhr und den ich mein Leben lang nicht vergessen werde: *Es ist eine Sache von Glück.* Ich weiß natürlich, dass sie sich der Wirkung ihrer Worte in dem Moment nicht bewusst war, und dass sie lediglich meinte: Man muss den Zufall entscheiden lassen, und dann hat man vielleicht auch Glück. Aber das sagte sie eben nicht. Sie sagte: *Es ist eine Sache von Glück.*

Und damit hatte sie mich erobert.

Das Wort ist mehrdeutig. Wie etliche Wörterbücher erklären, bedeutet es einerseits eine Fügung des Schicksals, die in irgendeiner Weise vorteilhaft ist, und andererseits ein aufgrund einer unerwarteten, erfreulichen Situation wohliges Empfinden. Glück ist somit mal ein Vorgang, mal ein Zustand, doch in jedem Fall unverdient, also ohne eigenes Dazutun. Bei Courtney war das anders. Bei ihr bedeutete das Wort letztlich alles, sowohl Vorgang als auch Zustand, und es bedeutete schließlich auch, dass wir es uns beide verdient hätten. Und ich stimmte ihr zu – sie hatte recht, die Sprache darf das Leben nicht einengen, denn es ist genau umgekehrt: Das Leben soll die Sprache erweitern.

Sie verriet mir, dass sie sich ein Referatsthema ausgesucht habe, und ihren Vortrag dann bereits in einer Woche halten werde, da es der Plan so verlange, und dass sie alles daransetzen werde, dass ich mit ihr zufrieden sein könne.

„Davon bin ich überzeugt, Frau Jameson." Ihren Namen kannte ich inzwischen. „Ich habe den Eindruck, dass Sie außergewöhnlich talentiert sind. Sie bereichern das Seminar merklich." Und schon entwickelten sich in mir Worte, die ich nicht geplant hatte, die nun aber unbedingt ausgesprochen sein wollten, so wie es Kleist einst in einem Aufsatz sehr anschaulich beschrieben hatte.

„Wenn Sie noch ein bisschen Zeit und Lust haben, können wir zusammen etwas trinken gehen", sagte ich also.

Sie stand einfach da und sah mich an. Sie war wie ein Standbild. Ich hatte meine Unterlagen längst in der Tasche verstaut und hätte längst gehen sollen. Doch ich war von ihr und ihrem Satz nahezu paralysiert. Ich bekam fast einen Schreck, denn mir war nicht klar, ob ich ihr mit meinem spontanen Angebot vielleicht etwas zu schnell zu nahe getreten war.

Doch dann löste sich ihre Starre, und es erschien wieder das reizvolle Lächeln auf ihrem Gesicht.

„Ich fühle mich sehr geehrt, Herr Doktor Reimann, und ich gehe sehr gerne mit Ihnen!"

In einem kleinen Lokal um die Ecke unterhielten wir uns dann über zwei Stunden lang. Sie erzählte mir, dass ihr das deutsche Bier ganz gut schmecke, dass sie ebenso wie ich der Ansicht sei, dass Schiller spannender zu lesen sei als Goethe, dass sie im Studentenwohnheim untergebracht sei, dass sie bislang noch keine Vorlesung mit „wirklich großem Gewinn" gehört habe und dass sie 23 Jahre alt sei. Es schien, als nutze sie das Biertrinken mit mir als eine Art von Sprachübung, wenngleich unter verschärften Bedingungen, da ihr ein waschechter deutscher Germanist gegenübersaß. Ihre Augen funkelten hinter den Brillengläsern, ihr schräges Lächeln wandelte sich ab und an zu einem offenen, vollkommen symmetrischen Lachen, und sie sprühte geradezu vor

Mitteilungslust. Sie zog mich in ihren Bann, und da ich eine leise Ahnung in mir spürte, dass sie mir mehr als nur ein übliches studentisches Interesse entgegenbrachte, genoss ich ihre Gegenwart sehr. Ja. Es war eine Sache von Glück.

Es war aber zugleich unausweichlich, dass ich an Vera Kanzloff denken musste, die ein Jahr zuvor ebenfalls am Ende einer Seminarsitzung zu mir gekommen war – und was sich dann daraus entwickelt hatte, blieb mir fürs ganze Leben ins Gedächtnis eingebrannt. Allerdings war die Annäherung der Diplomatengattin gewissermaßen von oben herab erfolgt, wohingegen Courtney sich mir – um im Bild zu bleiben – von unten herauf annäherte. Sowohl die körperlichen als auch die sprachlichen Unterschiede waren gewaltig. Und überhaupt kamen beide Frauen, wenn man einmal von dem gemeinsamen Merkmal einer überdurchschnittlichen Intelligenz absieht, aus völlig verschiedenen Welten.

Als wir schon vor der Tür standen, sagte ich endlich: „Und nun wünsche ich Ihnen ein angenehmes und erholsames Wochenende, Frau Jameson."

Sie schwieg und starrte mich noch ein paar schier unerträgliche Sekunden lang an. Dann ein kleiner Ruck, gefolgt von den höflichen Worten: „Ich bedanke mich bei Ihnen, Herr Doktor. Wir werden uns am nächsten Freitag wiedersehen."

Dann schenkte sie mir noch ein Lächeln und ging in Richtung ihres Wohnheims davon. Ja, wir werden uns wiedersehen, du seltsames Wesen, dachte ich und ahnte schon, dass ich am Anfang einer Geschichte stand, deren weiterer Verlauf überhaupt nicht abzusehen war.

An die Entfernte

Diese Rose pflück ich hier,

In der fremden Ferne,

Liebes Mädchen, dir, ach dir

Brächt' ich sie so gerne!

Nikolaus Lenau
(Auszug)

Siebzehn

Als ich meine Wohnungstür aufschloss, sah ich seit langer Zeit zum ersten Mal auf meine Armbanduhr und las die Ziffern: 21.51. Das bedeutete, dass wir kaum weniger als zwölf Stunden weg gewesen waren.

Das Licht war an, und auf dem Sofa im Wohnzimmer saß Olaf. Er trug meinen Morgenmantel, und er hörte laut Musik. Was da gerade lief, war „I am the walrus". Das darf nicht wahr sein, dachte ich, er lauscht tatsächlich den Beatles, also ausgerechnet der Band, die er immer abgetan hatte, da sie ja an erster Stelle zu „meinen Sachen" gehörte!

„He, Kleiner, da sind wir wieder", sagte ich, um einen möglichst jovialen Ton bemüht. Susanne sagte nichts, aber sie ging noch vor mir ins Wohnzimmer und gleich zur Stereoanlage, um die Lautstärke zu drosseln. Dann baute sie sich vor ihm auf, stemmte die Fäuste auf die Hüften und blaffte ihn an: „Dir scheint es ja wieder ziemlich gut zu gehen, du eben noch kranker Mann. Ich dachte, du wolltest den ganzen Tag im Bett bleiben – hat sich das jetzt erledigt?"

Au weh!, dachte ich, das ist jetzt eine recht seltsame und nicht unbedingt die beste Methode.

Doch Olaf strahlte sie an, erhob sich und ging – wobei er sich an der Tischkante anstieß und sich, nach einem schmerzhaften Innehalten, kurz das Schienbein rieb – zu ihr, um sie liebevoll zu umarmen.

„So ist es, Susa, mir geht es wirklich schon viel besser als heute Morgen. Das Mittel, das mir der Arzt gegeben hat, hat gut geholfen. Und ich hab' auch gut geschlafen, bin erst gegen zwei Uhr wach geworden, hab' eine Scheibe Toastbrot gegessen und Tee getrunken und bin dann gleich wieder ins Bett gegangen."

Ich war nun auch bei ihm und konnte erkennen, dass er in der Tat beinahe wieder gesund aussah. Er war offenbar auch guter Dinge, zufrieden mit sich und der Welt – und, falls er sich da gerade nicht völlig verstellte, kein bisschen misstrauisch.

„Und irgendwann bist du übermütig geworden und hast meine alten Platten aus dem Schrank geholt", stellte ich grinsend fest.

„Ich bin vor ein paar Stunden aufgestanden, dann war mir langweilig und ich dachte, du würdest nichts dagegen haben, wenn..."

„Nein, nein, ist schon in Ordnung."

„Und ihr habt in der Zwischenzeit München unsicher gemacht, ja?" Er sah zuerst mich und dann sie an. Mehr als offene, positive Neugier war in seinem Gesicht nicht zu erkennen.

„Ja, aber außer ein paar Schockzuständen und wenigen Leichtverletzten ist nichts zu vermelden", versuchte ich zu flachsen. „Und wir sind ein bisschen nass geworden."

„Von wegen ein bisschen! Pitschenass, würde ich sagen", konkretisierte sie und zeigte auf sich. „Darum muss ich mich jetzt auch erst mal trocknen und umziehen." Sie ließ mich mit meinem Bruder allein, was mir nicht gefiel, denn zum einen sollte ich ihm nun vermutlich Auskunft über den Tagesablauf geben, was ich lieber ihr überlassen hätte, und zum anderen war ich selbst nicht weniger nass als sie und würde es so lange bleiben müssen, bis sie fertig war.

Er setzte sich wieder hin, und ich tat es ihm nach, feuchte Hose hin oder her. Wir sprachen zunächst eine kurze Weile über seinen Genesungsprozess. Dann erst ging es um uns, Susanne und mich.

„Wie bist du mit dem Job des Fremdenführers zurechtgekommen?", fragte er wie erwartet.

„Es ging ganz gut, Olaf. Du hast die Gelegenheit verpasst, ein paar typische Münchner Bier-Oasen zu erleben."

Er winkte ab.

„Hab' ich doch schon erlebt, kenn' ich längst. Vor neun oder zehn Jahren war ich mal ein paar Wochen lang in München, da wurden diese netten Filme gedreht, in denen ich mitgespielt hab' – du weißt schon." Er grinste und zwinkerte mir zu.

Es dauerte eine Weile, bis bei mir der Groschen fiel. Ach, ja: die Sexfilme!

„Ich dachte, das wäre damals in Köln gewesen?"

„Nur beim ersten Mal. Aber das war ein mickriger Job, und dann bekam ich das Angebot von einem Münchner Studio, hier bei zwei Filmen mitzumachen. Das war dann klasse. Gute Bezahlung und jede Menge Freizeit."

„Warum hast du eigentlich damit nicht weitergemacht?"

„Weil mir Nicki dazwischenkam. Ein tolles Mädel, aber sehr moralisch. Da musste ich mir dann was Anständiges suchen und hab' auch gleich den Waschmaschinenjob bekommen. Der war zwar vergleichsweise langweilig, aber immerhin solide."

Das war Olaf, wie ich ihn kannte: er, seine Jobs und seine Mädels.

In diesem Moment kam Susanne schon wieder zurück, umgezogen und frisch gefönt. Sie trug, obwohl sie inzwischen ihre komplette Reisegarderobe im Zimmer hatte, wieder Brigittes Hausanzug!

„Du solltest dir auch was anderes anziehen, Helmut, sonst erkältest du dich noch", sagte sie. „Hast du Olaf schon berichtet?"

„Noch nicht sonderlich viel. Das kannst du ja jetzt machen."

Wir hatten abgesprochen, nichts zu erfinden, um das Risiko eines zufälligen Versprechers so gering wie möglich zu halten. Das offizielle Programm blieb so, wie es gewesen war: Marienplatz, Viktualienmarkt, Schwabing (Lokal, Kino) und Englischer Garten. Auch der Film durfte und sollte sogar bleiben, denn daran war nichts Heikles und zudem begründete er durch seine Länge einen beträchtlichen Teil unseres ausgedehnten Fernbleibens. Natürlich mussten wir darauf achten, unsere Gefühle im Zaum zu halten. Aber das funktionierte bislang recht gut.

Ich ging ins Badezimmer, zog mich aus und trocknete mich. Wie würde der Rest des Abends wohl ablaufen? Es war unser letzter Abend, denn es stand mit Olafs zügiger Genesung so gut wie fest, dass die beiden morgen ihre Reise fortsetzen würden. Allein diese Tatsache zeigte mir, dass die ganze Angelegenheit ziemlich „schräg" (ihr Wort) war. Ich hatte mich auf etwas eingelassen, das keine Zukunft haben konnte, das nur eine Episode bleiben würde. Wie sollte das denn funktionieren, dieses Wechseln vom einen Bruder zum anderen, ohne dass daraus gewaltige, unkontrollierbare Konflikte entstünden?

Gewiss hatte ich für Olaf nie mehr empfunden, als man für ein entferntes und eher uninteressantes Familienmitglied üblicherweise empfindet, also so gut wie nichts. Wenn nun jedoch der Fall einträte, dass seine Freundin sich entscheidet, ihn zu verlassen, um sich mir anzuschließen, dann hätte ich ihn jäh in anhaltender und unmittelbarer Nähe, und zwar weniger als endgültig beleidigten und erniedrigten Bruder, sondern vielmehr als für alle Zeiten mir übelwollende Schicksalsgestalt, als mich piesackender Gewissensdämon. Ein furchteinflößender Gedanke! Und wenn...

Ein heftiges Klopfen unterbrach meine Überlegung, und zugleich hörte ich sie rufen:

„Helmut, komm schnell, Olaf ist umgekippt!"

Und schon war sie drin, da ich die Tür nicht abgeschlossen hatte, und sah mich im Adamskostüm vor sich stehen.

„Holla... das ist jetzt zwar nicht ganz passend, aber du siehst wirklich gut aus..." – und im nächsten Moment war sie an mir dran, presste sich an mich und legte mir ihre Hände fest auf die Hinterbacken. Dann riss sie sich zusammen, trat einen Schritt zurück und wiederholte, nun etwas ausführlicher: „Er ist einfach so, während ich ihm vom Viktualienmarkt erzählt habe, seitlich umgefallen, und jetzt liegt er da und brabbelt wirres Zeug. Du musst mir helfen!"

Ich wickelte mir ein Badetuch um und folgte ihr.

„Ich kann es mir nur so erklären, dass er schlichtweg zu wenig getrunken hat. Wir müssen ihm was einflößen", sagte ich, meinen kraft- und geistlosen Bruder vor Augen.

Wir gingen beide in die Küche. Ich nahm ein hohes, schmales Glas und eine Karaffe aus dem Schrank und füllte sie mit Wasser. Susanne stand unmittelbar neben mir, sah mir wortlos zu. Ich sagte noch: „Er hat nicht daran gedacht, genügend zu trinken, dieser Trottel. Obwohl es ihm der Arzt gesagt hatte. Na gut..." – da umfasste sie mich wieder und raunte mir zu:

„Wir könnten ihn doch jetzt eine Weile so liegen lassen, oder? Er ist ja offenbar nicht in Lebensgefahr."

„Gerade eben warst du noch ganz aufgeregt wegen seines Zustands, und jetzt..."

Ich konnte, da ich ihre Bewegung ansatzweise erkannte, gerade noch die Gläser aufs Küchenbord stellen, bevor sie meinen Kopf mit beiden Händen ergriff und mir ihre Zunge in den Mund drängte. Aber ich war nicht imstande, das in dieser Situation so recht zu genießen, und darum schob ich sie, so gewaltlos wie möglich, von mir weg. Und ich hielt das Tuch fest, da ich befürchten musste, dass sie mich gleich wieder attackieren würde.

„Susanne! Das ist jetzt wirklich ein denkbar ungünstiger Augenblick für Zärtlichkeiten. Dein Freund, der mein Bruder ist, liegt..."

„Er ist nicht mein Freund, er ist nur mein Begleiter", widersprach sie.

„Ganz bestimmt ist er dein Freund, denn ihr wollt zusammen nach Venedig, und da begleitet man sich nicht nur einfach so", erinnerte ich sie. Ich hörte mir zu, wie ich das sagte, und wir zwei, der Sprechende und der Zuhörer, waren zwei verschiedene Menschen.

„Doch, so was passiert. Aber Venedig ist noch weit weg, und mein Traummann steht direkt vor mir. Und obwohl er Schwachsinn redet, weil er nicht aus seiner verantwortlichen Rolle rausfindet, weiß ich doch, dass das jetzt unsere Chance ist, und ich weiß, dass er das auch weiß – und ich kann es auch sehen... und fühlen!"

Sie berührte mich mit diesen Worten und mit ihren Fingern. Sie berührte mich mit ihrer Schönheit, ihrer Offenheit und ihrem rücksichtslosem Wagemut. Sie war längst in mir, und alles Äußere war nur noch eine Bestätigung.

Olaf war selbstverständlich nicht in Lebensgefahr. Wir einigten uns doch noch darauf, ihm Wasser zu verabreichen, was uns mit einiger Mühe dann auch gelang.

Mein Bett stand als bleibende Aufforderung nebenan.

Und ich entschied mich endlich, gegen alle Regeln zu verstoßen.

Achtzehn

Wir sahen uns am nächsten Freitag wieder, und sie erwies sich bei ihrem Referat in famoser Weise als exakt der belebende Faktor, den ich erwartet und mir erhofft hatte. Sie gab dem schlafmützigen Haufen eine Vorführung in Sachen Aufmerksamkeit und konkreter Fragestellung, verknüpfte geschickt historische mit literarischen Fakten, wagte ungewöhnliche Interpretationen und formulierte provozierende Thesen.

Einige Seminarteilnehmer waren so verblüfft, dass sie nun erst recht schwiegen. Andere versuchten dagegenzuhalten, mussten aber erkennen, dass ihre Kenntnisse oder ihre Geistesgegenwart dafür nicht ausreichten. Andere wiederum amüsierten sich sichtlich über ihre auffällige Ausdrucksweise oder fanden sie einfach nur sympathisch.

Nach Sitzungsende wurde sie von einigen Studentinnen und Studenten umringt und in Gespräche verwickelt. Ich hatte mich bereits damit abgefunden, dass es an diesem Tag keine Unterhaltung mit ihr geben würde, und wollte gerade gehen, als ich ihren Ruf hörte.

„Herr Doktor Reimann, bitte!"

Sie löste sich von den anderen und kam hastig auf mich zu, als wolle sie um jeden Preis verhindern, dass ich einfach so sang- und klanglos verschwand.

„Wir haben ausgemacht", sagte sie ganz ernst, „dass wir Bier trinken gehen in einem Lokal. Ich möchte Sie bitten, mit uns zu gehen." Und dann lächelte sie.

Es war mir völlig unmöglich, dieser Bitte und diesem Lächeln eine Abfuhr zu erteilen, und so willigte ich ohne längeres Zögern ein.

Ungefähr eine halbe Stunde später saßen wir zu sechst in der *Scheune*. Die Unterhaltung war sehr angeregt und vielfältig, und obwohl wir längst nicht mehr nur über Maria Stuart, Friedrich Schiller oder Schottland sprachen, blieb Courtney doch, sowohl aktiv als auch passiv, im Mittelpunkt. Sie genoss es, ebenso wie sie es erkennbar genoss, Bier aus Halbliterkrügen zu trinken, und gleichwohl wandte sie sich immer wieder mir zu und gab mir mittelbar zu verstehen, dass ich so lange wie möglich bleiben solle.

Tatsächlich hatten sich dann auch bis 18.15 Uhr alle anderen verabschiedet, ohne dass in mir ein peinliches Gefühl darüber entstanden war, nun mit Courtney allein am Tisch zu sein.

„Es ist heute ein wunderbarer Tag, denke ich", sagte sie freudestrahlend.

„Ohne jeden Zweifel", stimmte ich ihr zu. „Sie haben die anderen gewaltig beeindruckt, und vielleicht haben Sie dabei sogar ein paar neue Freunde gewonnen."

„Vielleicht. Aber viel wichtiger ist für mich, ob Sie mit mir zufrieden sind." Und nun sah sie wieder sehr ernst aus.

„Zufrieden ist nicht das passende Wort. Ich bin von Ihnen mindestens so beeindruckt wie die Studenten, die Sie heute erlebt haben. Das dürfen Sie mir glauben."

„Das ist sehr freundlich von Ihnen. Ich danke Ihnen sehr."

Sie trank einen großen Schluck Bier. Wenn mich nicht alles täuschte, war das ihr zweiter Krug, den sie da soeben geleert hatte. Ich musste an Claudia denken, die ebenfalls gerne Bier trank und einiges vertragen konnte – doch sie hatte ja auch mindestens das doppelte Körpervolumen.

„Es ist eine überzeugende Leistung, wie Sie, obwohl Sie das erste Drittel des Kurses verpasst hatten, praktisch aus dem Stand dieses Referat gehalten haben. Dass Sie das Seminar erfolgreich absolvieren können, steht für mich außer Frage."

„Wirklich? Meinen Sie das?" Sie sah mich fast ungläubig an.

„Ich meine das so, wie ich es gesagt habe. Sie verfügen, und das sage ich auch auf die Gefahr hin, dass ich mich wiederhole, über ein großes Potenzial, liebe Frau Jameson, und das sollten Sie nutzen."

„Wie Sie das sagen, ist das ganz toll! Ich bin sehr geehrt, bei Ihnen zu sein, wirklich!"

Und ich fühlte mich sehr wohl in ihrer Nähe, wirklich. So wohl sogar, dass ich den Impuls verspürte, ihre Wange zu streicheln. Aber das durfte ich mir natürlich nicht gestatten, nicht jetzt und nicht hier.

Ich bezahlte, selbstverständlich auch für sie. Dann gingen wir.

Es war deutlich zu spüren, dass sie sich noch nicht von mir trennen wollte. Ich hatte den Weg zurück zur Universität eingeschlagen, da ich noch ein wenig dort arbeiten wollte. Für sie schien es klar zu sein, mich dorthin zu begleiten. Und so sagte sie mir dann auch, dass sie nun nichts lieber tun würde, als mein Büro zu sehen.

Inzwischen war es nach sieben Uhr, und im Hauptgebäude war kaum noch jemand. Die Tür zum Büro war abgeschlossen, also war Walter schon fort. Wir gingen hinein, ich stellte meine Tasche ab und breitete die Arme aus.

„Hier brüte ich also über schwierigen Fragen, korrigiere Arbeiten und tue, was es sonst noch zu tun gibt", sagte ich und fühlte ein Kribbeln in der Magengegend.

Sie schaute sich um, schaute dann mich an und kam auf mich zu.

„Kommen häufig Studentinnen zu Ihnen?", fragte sie mich und lächelte ihr herausforderndes Lächeln.

„Ab und zu, natürlich", sagte ich – und fragte mich, ob es jetzt schon so weit sei.

Es war so weit. Ob sie durch das Bier mutig geworden war, oder ob sie ihren Vorstoß schon länger vorgehabt hatte, war egal. Sie entschuldigte sich leise – und dann umarmte sie mich. Ich ließ es mir gefallen, legte dann auch meine Hände auf ihre Schultern. Schließlich küssten wir uns, und sie küsste mit einer solchen Wildheit, dass ich fast erschrak.

Ich wehrte mich nicht, als sie begann, mich auszuziehen. Es war alles sehr aufregend, und ich hatte mich längst entschieden, es zu genießen. Sie schien das zu spüren, denn sie zeigte keine Hemmungen und handelte sehr zielstrebig, während sie ab und zu etwas auf Deutsch oder Englisch murmelte, das ich so oder so nicht verstand und auch nicht verstehen musste. Nach kurzer Zeit waren wir beide nackt, sie hatte plötzlich ein Präservativ in der Hand, streifte es mir geschickt über, manövrierte mich auf meinen Bürostuhl und setzte sich auf mich.

Es war ein furioser Ritt, ich kann es nicht anders sagen. Sie war sehr leidenschaftlich, hörte trotz der heftigen Bewegungen ihres Körpers kaum auf, mich zu küssen, und ich war so erregt wie schon lange nicht mehr. Daher dauerte es auch nicht allzu lange, bis ich zum Orgasmus kam, aber sie gab mir dabei das Gefühl, dass es genauso sein sollte und richtig war. Sie war eine begnadete Liebhaberin, die kleine, so kluge und verrückte Courtney.

So paradox es klingen mag, aber die Arbeit an meiner Habilitationsschrift – in der ich die deutsche Literatur im Zeichen von Dada und Surrealismus, von Hugo Ball bis Max Ernst, behandelte – wurde von der Affäre mit Courtney Jameson eher befördert als behindert. Zum einen lag das daran, dass ich durch die wiederholten Treffen mit Courtney in eine anhaltende Hochstimmung versetzt wurde, die meiner Kreativität zugute kam; zum anderen lag das an einer gewissen Analogie, denn diese Affäre erschien mir kaum weniger verrückt als die surrealistischen Texte, die ich las, nämlich wie „das Zusammentreffen von Regenschirm und Nähmaschine auf dem Seziertisch", wie es Lautréamont einmal formuliert hatte, und verband mich so noch enger mit meinem Thema.

Bis zum Ende des Sommersemesters blieb, trotz aller Unbequemlichkeiten, mein Büro unser abendlicher Treffpunkt, denn alles andere war zu riskant oder zu aufwändig. Courtney gab sich damit zufrieden, denn sie war einfallsreich genug, um auf dem Schreibtisch, am Boden oder auch im Stehen für Abwechslung beim Liebesspiel zu sorgen. Ihre Hingabe und ihre Wildheit hatten fast völlig von mir Besitz ergriffen. Ja, ich muss zugeben: Ich war ihr verfallen. Und so waren die Semesterferien, die sie bei ihren Eltern in ihrer Heimat verbrachte, geradezu eine Entziehungskur für mich, die ich aber dank meiner Frau und dank der Surrealisten dann doch gut überstand. Die Seminararbeit, die Courtney mir am Tag ihrer Heimreise noch persönlich ins Büro brachte, war natürlich hervorragend und konnte von mir leider nicht besser als mit „sehr gut" benotet werden.

Im Wintersemester wurden wir dann mutiger, vor allem auch deswegen, weil wir beide das Gefühl hatten, einiges nachholen zu müssen. Ich wurde sogar so mutig, sie an einem Nachmittag, an dem ich fest davon überzeugt war, dass Brigitte in ihrem Geschäft zu arbeiten hätte, zu mir einlud. Das war dann das Ende.

Unsere Verlobung fand so gut wie nicht statt. Es gab keine Ringe, keine Feier, keine Gäste. Wir sagten uns bei einem Glas Wein nur, dass es nun wohl praktisch so sei als ob, und lachten. Und das war's. Dafür wurde dann unsere Hochzeit ein richtiges Fest. Doch bis dahin vergingen fast zwei Jahre.

Das lag nicht an irgendwelchen Unsicherheiten, die uns plötzlich befallen hätten, sondern daran, dass wir kaum darüber nachdachten, weil wir mit anderen Dingen beschäftigt waren, und, wenn wir doch darüber nachdachten, überzeugt waren, alle Zeit der Welt zu haben, und keinen Eindruck von Eiligkeit entstehen lassen wollten. Außerdem, und diesen nicht völlig unerheblichen Punkt darf ich nicht verschweigen, sprachen wir gelegentlich über die Frage, ob es dann eine kirchliche Trauung geben solle oder nicht – wobei ich selbstverständlich der kategorische Nein-Sager war und blieb.

Irgendwann akzeptierte Brigitte meine Vorstellung, es mit einer rein weltlichen Veranstaltung sein Bewenden haben zu lassen. Meine Vorstellung akzeptierte sie zwar, meine Einstellung jedoch nicht; und sie war gewiss auch leichter zum Nachgeben bereit als ich.

Danach ging alles recht schnell. Termine wurden besprochen und festgelegt und Andeutungen gegenüber denjenigen, die als Gäste infrage kamen, nicht länger zurückgehalten. Claudia und mein Kollege Walter willigten bedenkenlos ein, als Trauzeugen aufzutreten – wobei sie sich eine anzügliche Bemerkung über seine Vornamensidentität mit Brigittes verflossenem Ehemann natürlich nicht verkneifen konnte.

Problematisch für die Eltern und den Bruder der Braut war allerdings die Tatsache, dass die Hochzeit ohne eine religiöse Zeremonie ablaufen würde. Es war die Mutter, die ihren Mann schließlich dazu überreden konnte, in diesem besonderen Fall seine formalen Erwartungen nicht über die rein menschliche Bedeutung des Festtags zu stellen. Den Bruder konnte sie aber nicht überreden, der dann auch „aus purer, erbärmlicher Engstirnigkeit" (Claudias Worte) mit seiner Familie zuhause blieb.

Für die Feier hatten wir den Nebenraum eines gemütlichen Lokals in der Dorotheenstraße gemietet, dessen Wirtin überaus freundlich und entgegenkommend war. Schon bald stellte sich heraus, dass sie auch die Besitzerin des Gebäudes sowie des Nachbarhauses war, in dem sich eine gepflegte und geräumige Wohnung befand, in die wir ein paar Monate danach einzogen und die für ungefähr zwei Jahre unser Domizil blieb.

Zu unseren knapp 60 Hochzeitsgästen zählten auch meine Mutter und mein Bruder. Olaf brachte seine damalige Freundin Christina mit. Beide hatten offensichtlich viel Spaß und verstanden sich insbesondere mit Claudia ausgezeichnet. Mit diesen drei Personen versumpfte ich am Ende des Tages, als die anderen Gäste längst gegangen waren und auch Brigitte sich verabschiedet hatte, da sie vollkommen erschöpft war. Sie hatte sich in meine Wohnung zurückgezogen, da die wesentlich näher am Lokal lag als ihre. Ich folgte ihr drei Stunden später – eine Hochzeitsnacht im landläufigen Sinn ergab sich mithin nicht.

Aber eine Woche darauf starteten wir zu einer Hochzeitsreise, die exakt das war, was Brigitte damals bei unserer kleinen Fahrt auf dem Rhein vor Augen gehabt hatte: eine Seereise. Wir staunten über das außergewöhnliche Flair von Barcelona, spürten den Wind auf Mykonos und genossen den Luxus des Schiffes, dessen „Honeymoon-Suite" nur auf uns gewartet zu haben schien, zehn Tage lang in vollen Zügen.

Es war eine wunderbare Zeit.

Zwei Jahre später war es nicht meine Ehefrau, sondern eine kleine Studentin, die mir eine wunderbare Zeit bescherte. Und mit meiner in ungeahnte Höhen emporgewachsenen Lust und meinem daraus resultierenden Leichtsinn war ich es dann selbst, der diese Zeit zu einem abrupten Ende brachte.

Es war längst klar, dass Courtney und ich, trotz allen Spaßes unter vergleichsweise spartanischen Umständen, nach einem ordentlichen Bett verlangten, auf dem wir uns austoben konnten. An jenem Tag hatten wir uns also um 15 Uhr bei mir verabredet, in der Wohnung in der Dorotheenstraße. Ich wartete schon Ewigkeiten vor dem verabredeten Zeitpunkt wie ein Fiebernder auf sie, und als sie eintraf, benötigten wir nur noch Sekunden, bis wir im Schlafzimmer landeten und dort übereinander herfielen. Die veränderte Situation veränderte auch alles andere: Es begann mit ausführlichen oralen Eröffnungen, wurde garniert von verbalen Unverschämtheiten und führte sodann zu analen Abenteuerlichkeiten.

„Möchtest du nicht auch einmal diesen anderen Weg probieren?", raunte sie mir ins Ohr, trotz allem mit der ihr eigenen, nie nachlassenden Höflichkeit. „Möchtest du das nicht?"

Wenige Monate zuvor hatte ich an so etwas nicht einmal zu denken gewagt, und nun wollte ich es sofort. Andererseits sollte ich hierzu doch noch eine kleine Anmerkung machen: Da ich einige Romane des Marquis de Sade gelesen hatte, wusste ich über diese Sache nämlich durchaus Bescheid und hatte zwangsläufig mehr als einmal daran gedacht, es aber in meinem Fall nie für möglich oder besser: nicht für realistisch gehalten.

„Oja, na klar", ächzte oder stöhnte ich.

Somit befanden wir uns in einer sehr heiklen Position, die uns zudem einige recht laute Gefühlsbekundungen entlockte, als ich jäh mit der Tatsache konfrontiert wurde, dass wir nicht allein in der Wohnung waren.

„Mein Gott..."

Diese zwei Worte, von einer sehr vertrauten Stimme mit dem Beiklang einer an Erstickungsgefahr grenzenden Fassungslosigkeit geflüstert, ja: geflüstert! – diese zwei Worte waren es, die ich hinter meinem Rücken hörte, gefolgt von dem Geräusch der sich langsam, fast behutsam schließenden Schlafzimmertür. Diese zwei Worte ließen alles andere wie ein labiles Kartenhaus in sich zusammenfallen und machten mir auf der Stelle klar, dass ich mich seit dem letzten Sommersemester in ein Abseits hineinbewegt hatte, aus dem ich nun so schnell nicht wieder herausfinden würde. Diese zwei Worte, die eben auch ein Ausdruck des Flehens gen Himmel waren, machten mir zugleich klar, dass ich das Nachgeben, das mir vor zwei Jahren die kirchliche Trauung erspart hatte, nachträglich mit Hohn und Spott übergossen hatte, dass ich Vertrauen missbraucht und eine innige Beziehung entseelt, zerrüttet, vielleicht sogar zerstört hatte.

Vielleicht hatte ich Brigitte, die mich eben nicht nur beim Geschlechtsakt, sondern bei dessen weit weniger gesellschaftsfähigen Variante des Analverkehrs mit einer anderen Frau erwischt hatte, für immer verloren. Und vielleicht war die jetzt geschlossene Tür, die zuvor noch weit geöffnet gewesen war, dafür auch das passende Symbol.

Ich wusste jedenfalls, dass ein panisches Hinterherlaufen völlig unangebracht war. So löste ich mich langsam, fast wie in Trance, von Courtney, die seit diesen zwei Worten, die sie zweifellos auch gehört hatte, keinen Ton von sich gegeben und sich nicht mehr gerührt hatte, stand auf, ging zur Tür, öffnete sie wieder und durchschritt dann die Wohnung, wobei ich nicht den kleinsten Gedanken daran verschwendete, dass ich vollkommen nackt war und eine Begegnung mit meiner Frau somit eine zusätzliche Schamlosigkeit bedeutet hätte, um dabei festzustellen, was ich bereits erwartet hatte: dass Brigitte fort war.

Courtney, die besorgt, doch keineswegs entsetzt aussah, kam mir schon entgegen, als ich zum Schlafzimmer zurückkehrte. Wir umarmten uns, als könnten wir damit die Abgründe, die wir geschaffen hatten, ein wenig zuschütten.

„Es tut mir sehr leid", sagte sie leise.

Ich sagte vorerst nichts.

„Ich weiß, dass ich Schuld daran habe", sagte sie dann so ernsthaft und entschieden, dass sie damit meine Aufmerksamkeit sogleich wieder auf sich zog. Wollte diese kleine Frau, die zehn Jahre jünger als ich war, mir zeigen, wie man sich in einer derartigen Situation verhielt? War sie mir so weit voraus, so überlegen? Nun, heute muss ich zugeben: Sie war es tatsächlich.

„Nein, nein... ich bin der Idiot, ich ganz allein", widersprach ich fast weinerlich, ein bisschen unsinnig und außerdem so, dass es sie eigentlich verletzten musste. Aber sie blieb ruhig, tätschelte mich leicht und sagte dann:

„Ich sollte jetzt gehen, denke ich."

Ich stand wie erstarrt. Was? Nach dem einen Verlust gleich noch der zweite? Sollte das Nichts, in dem ich stand, nun gleich noch größer werden?

„Bitte nicht! Nein, tu das nicht!"

Sie hatte sich inzwischen von mir gelöst, stand mir gegenüber – und blieb nun einfach so stehen. Sie war wieder das Standbild, das ich schon einige Male gesehen, direkt vor mir gehabt und nicht verstanden hatte. Denn es war mit nichts vergleichbar. Es war fremd und völlig einzigartig. Kein anderer Mensch – abgesehen von jenen Künstlern, die in Fußgängerzonen mit starren Posen auf sich aufmerksam machen wollen –, der nur halb so lebendig, so erwachsen und so klug war wie sie, stand so lange so reglos da, als sei er aus der Zeit herausgetreten. Es wirkte ja auch nicht so, als mache sie das mit Absicht. Nein, es schien mir, gerade in diesem Moment, da sie nackt vor mir stand, eher so, als sei sie eine Göttin, deren menschliche Scheingestalt sogleich von einem blendenden Licht überstrahlt werden könne, oder – ganz unmetaphysisch – eine außerirdische Lebensform, die angestrengt darüber nachdachte, was ein menschliches Wesen an seiner Stelle als Nächstes tun würde. Doch sie war weder das eine noch das andere, sondern tatsächlich nur eine junge Frau, die mir helfen wollte, eine akute Krise zu überstehen.

„Sehr gerne. Ich bleibe gerne, so lange du es möchtest", sagte sie in ihrer unwiderstehlichen Weise, und dann war sie wieder bei mir. Und das war es, was mich vor dem Absturz bewahrte. Kurz gesagt: Sie rettete mich. Und ich geniere mich daher auch nicht zu sagen, vor allem deshalb nicht, weil ich es Brigitte später ebenso erzählte, dass es das einzig Richtige für mich war, noch ein paar Stunden mit ihr zusammenzubleiben.

Courtney Jameson absolvierte auch ihr zweites Bonner Semester mit Bravour. Wir sahen uns regelmäßig, da sie wieder ein Seminar von mir besuchte. Doch es kam zu keinen körperlichen Kontakten mehr, die über ein Händeschütteln hinausgingen. Wir hatten das nicht besprechen müssen. Es war eher so, als hätte sich dieser Verhaltenskodex nach jenem einschneidenden Erlebnis von selbst ergeben. Im März des darauffolgenden Jahrs, als das Semester zu Ende war, sahen wir uns ein letztes Mal.

„Ich bin sehr stolz darauf, dass ich dich kennenlernen durfte, das musst du wissen", sagte sie mir und stand dabei sehr aufrecht neben meinem Schreibtisch im Büro. Walter war nicht da. Aber selbst dann, wenn er da gewesen wäre, hätte sie wohl nichts anderes gesagt.

„Dasselbe darf ich dir auch sagen, Courtney". Meine Kehle war wie zugeschnürt, und mir fielen keine Worte ein, die unverfänglicherweise das auszudrücken vermochten, was ich empfand. Trotz der anhaltenden Krise, denn Brigitte war noch nicht zurückgekehrt, hatte ich in diesem Moment nur das pralle Bewusstsein in mir, dass ich die kleine Schottin von Beginn an geliebt hatte und immer noch liebte. Doch direkt dahinter stand das nicht bedauernde, sondern eher strenge Bewusstsein, dass diese Liebe nie eine Existenzberechtigung gehabt habe und nun gefälligst auch rasch beendet werden solle. Aber dann fiel mir wieder etwas ein.

„Du hast ganz am Anfang mal gesagt, als es um die Wahl deiner Veranstaltungen ging: *Es ist eine Sache von Glück.*" Ich erkannte sogleich, dass sie sich nicht daran erinnerte. Doch ich sprach weiter. „Und ich sage jetzt, dass ich mit dir sehr viel Glück gehabt habe. Und nur ein kleines bisschen Pech. Und nun wünsche ich dir viel Glück für alles Weitere, und ich weiß zugleich, dass du selbst dafür sorgen wirst, denn du bist klüger und besser als alle anderen."

Sie lächelte mich an, wie nur sie es konnte.

„Ich danke dir sehr. Das ist sehr schmeichelhaft. Und ich möchte dir sagen, dass du auch Glück haben wirst. Deine Frau wird zurückkommen. Und ich werde an dich denken."

Ein Händedruck zum Abschied. Ein letzter beherrschter, sehr vernünftiger Augenblick. Nichts weiter. Sie verließ mich, wir sahen uns nie mehr wieder, und mir blieb nur die Erinnerung. Wie es eben so ist.

Ich saß danach an meinem Schreibtisch, starrte blind auf die geschlossene Tür und hatte das erdrückende Gefühl, nun die zwei – natürlich abgesehen von meiner Mutter – wertvollsten Frauen meines Lebens verloren zu haben und nur noch ein hilfloser Menschenrest zu sein, ein erbärmliches Gewebebündel, eine inhaltslose organische Masse.

Aber Courtney behielt recht, denn ich hatte wirklich Glück.

Brigitte war an jenem Tag, nachdem sie fluchtartig die Wohnung verlassen hatte, natürlich nicht zurückgekehrt. Abends rief mich Claudia an und sagte mir, dass ihre Schwester bei ihr sei und da auch für längere Zeit bleiben werde; ich könne also weiterhin hemmungslos mit anderen Frauen „herumvögeln", wenn es mir danach sei, und ich sei ein Armleuchter und ein Perversling obendrein, und sie (Claudia) sei abgrundtief von mir enttäuscht, und ich solle ja nicht auf die Idee kommen, Brigitte holen zu wollen, denn D-Dorf sei nun für mich „offizielles Sperrgebiet" und niemand wolle mich hier sehen, punktum. Dann legte sie auf. Und ich hatte fast kein Wort gesagt.

Da war sie nun also, die große Einsamkeit, und sie hielt vier Monate lang an. Irgendwie gelang es Brigitte, ihr Buchgeschäft und alle weiteren Dinge, die getan werden mussten, von Düsseldorf aus zu managen. Freunde und Bekannte mussten ihre Abwesenheit zur Kenntnis nehmen. Wenn jemand bei uns anrief und sie sprechen wollte, wimmelte ich ihn entweder ab oder gab ihm, wenn es wichtig war, Claudias Nummer. Ich unterließ es, nach Düsseldorf zu fahren. Mehrere Male bemühte ich mich um telefonischen Kontakt, doch meine Anrufe wurden nicht angenommen. Und meine Briefe und Postkarten wurden nicht beantwortet. Ich wurde hart bestraft.

Die Konzentration auf meine Arbeit fiel mir in dieser Zeit nicht leicht. Die Habilitationsschrift kam nur schleppend voran, und die Unterrichte machten mir Mühe. Ich hatte einige Kollegen, mit denen ich über vieles reden konnte, nur nicht über private Dinge. Walter blieb der einzige, der von mir erfuhr, was los war, obgleich ich ihm natürlich nicht bis ins letzte Detail erzählte, was wirklich passiert war. Ein paarmal kam er zu mir und brachte eine Flasche Wein mit, die wir dann zusammen tranken, und ein paarmal lud er mich zu sich nachhause ein, wo wir uns zumindest einmal richtig vollaufen ließen. Er war ein guter Freund und half mir sehr, die Monate einigermaßen heil zu überstehen.

Als Courtney endgültig aus meinem Leben verschwunden war, schrieb ich Brigitte wieder einen Brief. Ich fragte sie, wie lange sie mich mit ihrer Abwesenheit und ihrem Schweigen noch quälen wolle, ich sei inzwischen nur noch begrenzt lebenstauglich, würde mein Vergehen für alle Zeiten bereuen, und außerdem habe dessen äußere Ursache, also besagte Frau, den Kontinent nun verlassen und würde auch nicht mehr zurückkehren; ich könne nur immer und immer wiederholen, dass mir das alles schrecklich leid täte, und ich wünschte mir mehr als alles andere, dass sie endlich zurückkäme, dass ich wieder mit ihr reden und zusammen sein könne, denn ich sei trotz allem noch derselbe Mensch, mit dem sie noch vor vier Monaten geredet habe und zusammen gewesen sei.

Drei Tage später rief sie mich an. Sie sagte, dass sie bereit sei, es noch einmal mit mir zu versuchen, allerdings nur unter der Voraussetzung, dass wir uns so schnell wie möglich eine andere Wohnung suchten, denn in diesem „Sündenpfuhl" wolle sie auf keinen Fall mehr leben. Ich stimmte natürlich sofort zu.

Am nächsten Abend kam sie. Wir begrüßten uns ruhig und gefasst, aber nicht unfreundlich. Wir vermieden jede Berührung, setzten uns an den Wohnzimmertisch und sprachen miteinander. Unsere Unterhaltung, bei der keiner von uns die Ursache unserer viermonatigen Trennung auch nur erwähnte, dauerte kaum länger als eine Stunde. Wir sprachen darüber, was wir die ganze Zeit über getan hatten, und sie erzählte mir, dass sie bereits seit zwei Tagen wieder in Bonn arbeite. Dann verabschiedete sie sich, wobei sie mir immerhin die Hand gab – die ich mit meinen beiden Händen umfasste und einen an die Ewigkeit heranreichen sollenden Moment lang festhielt –, um zum Hotel zu fahren, wo sie sich ein Zimmer genommen hatte, in dem sie auch alle weiteren Nächte verbringen wollte, bis der Umzug erfolgt war.

Erst am nächsten Tag kam es zur Aussprache und schließlich auch zur Versöhnung.

„Ihr wart so miteinander beschäftigt, dass ihr es gar nicht gemerkt habt, als ich in die Wohnung kam", erinnerte sie sich. „Aber ich habe euch sofort gehört. Ihr wart ja auch gar nicht zu überhören, denn du hattest die Schlafzimmertür wieder mal sperrangelweit offen gelassen. Und dann habe ich euch gesehen, und ich habe zuerst nicht glauben können, was ich da sah. Es kam mir vor, als sei ich in einen schlimmen Pornofilm geraten – aber der Hauptdarsteller warst tatsächlich du. Ich stand eine ganze Weile nur so da und habe fassungslos zugeschaut. Irgendwann hatte ich es dann aber begriffen und rannte weg. Ich musste weg von hier, weg aus Bonn."

„Du hattest noch ‚*Mein Gott*' geflüstert und die Tür zugemacht, bevor du wegranntest. Das hatte ich nämlich gehört."

„Schon möglich. Aber Gott war in diesem Moment Millionen Lichtjahre weit entfernt."

„Allerdings."

Am nächsten Tag besuchte ich sie kurz vor Geschäftsschluss in Nepomuks Buchladen. Dann gingen wir in die *Scheune* und setzten uns an den Ecktisch, an dem wir bei unserem ersten Treffen gesessen waren. Danach begleitete ich sie zum Hotel und blieb noch zwei Stunden in ihrem Zimmer.

Ende März zogen wir nach Beuel in eine etwas ältere, aber dafür größere Wohnung. Wir nahmen alle Möbel mit – außer dem Bett. Claudia war die erste, die uns dort besuchte. Sie zeigte sich froh darüber, dass Brigitte und ich wieder zueinandergefunden hatten, konnte es sich aber dennoch nicht verkneifen, mich einen Filou zu nennen.

Mit meinem Text, der mich einer Professur näher bringen sollte, ging es nun flott voran, und noch vor dem nächsten Sommersemester wurde ich damit fertig. Dann begann die Zeit des

Habilitationsverfahrens. Zum Glück hatte ich einen Mentor, der mir dabei half, wann und wo er konnte. Meine Arbeit wurde von der Kommission positiv bewertet und ich somit als Habilitand zugelassen. Daraufhin stellte ich die Listen mit meinen Publikationen und absolvierten Lehrveranstaltungen zusammen und reichte sie ein. Es dauerte jedoch bis zum nächsten Wintersemester, dass mir der Termin für die abschließende Probevorlesung und der damit verbundenen Gesprächsrunde bekanntgegeben wurde.

Doch auch diese letzten Hürden überwand ich erfolgreich, nahm die mir dann feierlich überreichte Lehrbefugnis jedoch wie im Wachtraumzustand entgegen. Mit zerfetzten Nerven, aber glücklich, feierte ich sodann mit einigen Kollegen und später noch allein mit Brigitte meine neue akademische Würde.

Am Samstag darauf feierten wir noch einmal, diesmal mit unseren beiden Trauzeugen Claudia und Walter. Er war zwar schon beim Umtrunk an der Uni dabei gewesen, gratulierte mir aber gerne ein weiteres Mal, hatte dazu nun auch eine Flasche Schampus mitgebracht und ließ, was ihn stets auszeichnete, niemals auch nur den Anflug eines Neidgefühls erkennen.

Brigitte und ich feierten schließlich ein drittes Mal, da ich ihr das versprochen hatte, doch dazu mussten wir bis zur Winterpause warten. Dann, zwischen Weihnachten und Silvester, fuhren wir für drei Tage nach Wien, wo wir unter anderem die Strudlhofstiege besichtigten, deren literarische Verewigung durch Heimito von Doderer uns vor fünf Jahren gewissermaßen zusammengeführt hatte.

Wir waren glücklich und zufrieden, einige gute Jahre lang.

Doch wenn mittlere und sogar kleinere Dämpfer lange Zeit ausbleiben, sollte man damit rechnen, dass irgendwann ein sehr großer Dämpfer kommt. Denn so ist es immer.

Neunzehn

Olaf lag auf der Wohnzimmercouch und schlief fest. Das Wasser, das wir ihm mühsam eingeträufelt hatten, hatte offenbar geholfen und seinen unruhigen Organismus besänftigt.

„Er sieht fast niedlich aus", sagte Susanne.

„Wir sollten uns jetzt überlegen, was wir mit ihm machen", ging ich gar nicht erst auf ihre Bemerkung ein.

„Wir lassen ihn weiter liegen und hören jetzt ein bisschen Musik", entschied sie unverzüglich.

„Ist das dein Ernst?"

„Na klar, wir sind doch noch hellwach. Außerdem habe ich da einiges in deiner Sammlung gesehen, das ich gerne hören möchte. Den kleinen Gefallen wirst du mir doch auch noch tun können, oder?" Sie war schon wieder bei mir und beschmuste mich.

So hörten wir also alte Schallplatten von Joni Mitchell und Crosby, Stills, Nash & Young. Wohlgemerkt: Sie traf die Auswahl, nicht ich. Und ich war natürlich angenehm überrascht, dass sie die anspruchsvollen Songs, die vielen anderen jüngeren Frauen höchstwahrscheinlich altmodisch vorgekommen wären, so gern hörte und außerdem auch noch recht passend bewertete.

Es war lange nach Mitternacht, als mein Bruder erwachte. Er versuchte erkennbar, sich zu orientieren, und da ihm das nicht völlig gelingen wollte, fragte er endlich:

„Was ist denn los? Ihr seid immer noch hier?"

„Ja, denn wir müssen auf dich aufpassen, du Dummer", antwortete sie ihm frech. „Und nebenher hören wir feine Musik."

„Ach so. Hab' ich lange geschlafen?"

Nun war ich dran: „Hör' mir mal zu, Olaf. Du warst so leichtsinnig, viel zu wenig zu trinken, und darum bist du vorhin bewusstlos umgefallen. Wir haben dir Wasser gegeben und darauf gewartet, dass du wieder zur Besinnung kommst. Und das hat allerdings lange gedauert, stimmt."

Er machte nun tatsächlich einen schuldbewussten Eindruck.

„Dann danke ich euch dafür", sagte er kleinlaut. „Mann, das war ja vielleicht ein blöder Tag. Und das alles nur wegen diesem vermaledeitem Fisch."

Wegen des vermaledeiten Fischs, korrigierte ich ihn still.

Susanne gab einen überbetonten Seufzer von sich, während sie sich erhob, ging zur Stereoanlage und nahm die Nadel von der Platte.

„So, das war's dann leider." Das letzte Wort sprach sie gezielt in meine Richtung. Dann sah sie demonstrativ auf ihre zwei Armbanduhren. „Und jetzt gehen wir am besten alle ins Bett, denn in ein paar Stunden soll die Reise nach Venedig ja weitergehen, nicht wahr, Olaf?"

„Venedig – ja klar, Susa, genau! Das geht ja dann los!" Er war zweifellos noch immer nicht ganz da. Doch das war nun auch egal.

Wir halfen ihm aufzustehen, brachten ihn zum Bett, zogen ihm den Morgenmantel aus und sorgten dafür, dass er noch einmal Wasser trank. Wie in Zeitlupe legte er sich dann hin, und ich konnte nicht umhin, ein bisschen Mitleid zu empfinden.

Ich wünschte beiden eine erholsame Nacht und ging schnurstracks in mein Schlafzimmer, um diesen unglaublichen

Tag endgültig hinter mich zu bringen. Kurz vor dem Einschlafen, als das Licht längst aus war, glaubte ich, ein Geräusch an der offenen Tür zu hören, aber ich hatte mich geirrt; ich brauchte ja auch nur noch eins: die weiche und beruhigende Durchdringung des Schlafs.

Am Morgen war es Olaf, der mich weckte.

„He, Großer, frühstückst du mit uns?", hörte ich ihn von irgendwoher rufen. Mit einiger Verzögerung registrierte ich dann, dass er vollständig bekleidet in der Tür stand und mich erwartungsvoll ansah. Mein nächster Blick ging zur Uhr auf dem Nachttisch und zeigte mir: *10.32*.

Ich murmelte eine Bejahung und mühte mich aus dem Bett. Mein Schlafbedürfnis war offenbar noch größer gewesen, als ich es vorher empfunden hatte. Paradoxerweise fühlte ich mich jetzt, im erkennbaren Gegensatz zu meinem Bruder, unausgeruht und schlapp. Doch ich musste mich frühstücksfertig machen, denn der Abschied der beiden stand bevor und sie sollten, das heißt: vor allem Susanne, bis dahin nicht den Eindruck gewinnen, dass mir das egal war.

Nachdem ich mich frisch gemacht und angezogen hatte, ging ich in die Küche und fand beide beim Suchen der Frühstücksutensilien.

„Ich dachte, der Tisch sei schon gedeckt", sagte ich, „aber was muss ich sehen? Ihr habt noch nicht einmal die Grundelemente beisammen."

„Hallo, Helmut", begrüßte sie mich mit ihrer warm klingenden Stimme und ihrem leuchtend schönen Gesicht. Sie hatte sich, ebenso wie er, schon für die Fahrt gekleidet: mit Shorts, einem bequemen T-Shirt und leichten Sandalen. „Hast du gut geschlafen?"

Es gelang mir, das kategorische „Nein", das gerade herausspringen wollte, rechtzeitig zu unterdrücken und dafür ein „Ja, vielen Dank" hören zu lassen.

„Und wie geht's euch?"

„Ah, ganz prima. Vor allem Olaf ist wieder obenauf, und das ist ja auch das Wichtigste", sagte sie, und ihr Gesicht leuchtete mich weiterhin an.

„Wo hast du deine Teller, Helmut?" Mein genesener Bruder wollte von seiner erfolglosen Suche freiwillig nicht ablassen, weshalb ich ihn mit sanfter Gewalt wegschob.

„Ich erledige das jetzt", sagte ich und holte alles, was wir brauchten, aus Regalen, Wandschränken, Schubladen und Kühlschrank. Dann machte ich Tee und Kaffee. Wir aßen am Küchentisch, der für uns drei gerade noch groß genug war. Die Berührung meines rechten Beins mit Susannes linkem war somit zwangsläufig, nicht verfänglich – und natürlich auch nicht unangenehm.

Als sie zur Tasse griff, fiel mir auf, dass sie zwei neue Armbanduhren trug, die beide mit blauen Bändern versehen waren. Sie bemerkte meinen Blick.

„Schön, nicht?"

„Ja", bestätigte ich ihr. „Ein schönes Blau."

„Die Farbe der Hoffnung", sagte sie und lächelte.

Sie waren bereit zur Abreise. Meine Gefühlslage war undefinierbar, irgendwo zwischen Gelassenheit und Bedauern, während die beiden ausgesprochen fröhlich wirkten – was bei ihr allerdings nichts zu sagen hatte, denn ich wusste inzwischen, dass sie eine gute Schauspielerin sein kann. Wir verabschiedeten uns im Wohnzimmer, dann begleitete ich sie noch zum Wagen, wo wir uns umarmten und ich ihnen eine gute Fahrt und viel Vergnügen wünschte. Dann fuhren sie los, und Susanne winkte mir aus dem Seitenfenster zu, bis sie außer Sicht waren.

Kurz zuvor hatten beide mir zugeblinzelt, jeder zu einem anderen Zeitpunkt, auf seine Weise und aus einem besonderen Grund.

Sein Blinzeln bedeutete eine Erwartung. (Die aber nicht erfüllt wurde.) Ihr Blinzeln bedeutete ein Versprechen. (Das gehalten wurde.)

Zwanzig

Es war Anfang Dezember, zwei Wochen vor ihrem 40. Geburtstag, als mich Brigitte nachmittags anrief.

„Ich bin zuhause", hörte ich ihre erstaunlich leise und zittrige Stimme. „Sieh' bitte zu, dass du möglichst schnell hier sein kannst, ja? Ich brauche dich jetzt."

„Was ist denn los?"

„Darüber möchte ich am Telefon nicht sprechen. Beeile dich bitte."

Ich ließ alles stehen und liegen, denn so, wie das eben geklungen hatte, war an der Dringlichkeit ihrer Bitte nicht zu zweifeln.

Auf dem Weg nachhause keimte in mir schon eine schreckliche Ahnung auf. Ich wusste, dass sie vorhin einen Termin bei ihrer Ärztin gehabt hatte. Eine Routineuntersuchung, hatte sie mir gesagt. Es mochte sein, dass das Ergebnis der Untersuchung alles andere als ein harmloses war.

Sie erwartete mich bereits an der offenen Wohnungstür. Dann umarmten wir uns, und ich hörte sie flüstern:

„Ich habe vermutlich eine grausame Zellkrankheit."

Sie meinte: Krebs. Es war also tatsächlich das, was ich geahnt hatte.

Sie berichtete, was ihr die Ärztin gesagt hatte: Sie solle nicht gleich in Panik geraten, aber die Anzeichen seien verdächtig, und um sicher zu gehen, sei eine Mammografie die nächste, unumgängliche Maßnahme. Seither versuche sie, dem Rat zu folgen und nicht in Panik zu geraten, aber das sei leichter gesagt als getan.

Sie wolle sich auch nichts vormachen, fuhr sie fort, denn das Gen dieser Krankheit liege schließlich in der Familie. Uropa und Opa Grotzinger seien daran gestorben, und nun sei mal wieder jemand fällig.

„Und das bin ich."

Ich wollte sie beruhigen, indem ich die sachliche Einschätzung der Ärztin mit positiven Worten nachzuerzählen versuchte, kam mir dabei aber wie zum Misserfolg verurteilt vor. Wir beschlossen dann, uns um Ablenkung zu bemühen. Brigitte fand heraus, dass in einem Kino Monty Pythons „Das Leben des Brian" gezeigt wurde, ein Film, den wir beide gut kannten und der ihr nun gerade deshalb geeignet erschien.

„Vielleicht kann ich ein bisschen lachen. Weinen kann ich danach dann immer noch."

Ich unterließ es anzumerken, dass der Hauptdarsteller, falls ich mich nicht irrte, vor einigen Jahren an Krebs gestorben war. Aber vielleicht wusste sie das auch.

Es funktionierte wider mein Erwarten gut. Brigitte amüsierte sich, und ich hatte nicht den Eindruck, dass ihr Lachen irgendwie gekünstelt sei. Mir war zwar deutlich weniger nach Erheiterung zumute, aber das war unwichtig. Viel wichtiger war, dass sie die ersten Stunden nach der schlechten Nachricht den herandrängenden Angstgefühlen aus dem Weg ging. Denn ändern konnte man vorerst nichts. Nur abwarten.

Die Mammografie bestätigte die erste Diagnose. Um vollkommen sicher zu sein, verordnete die Ärztin daraufhin noch eine Gewebeuntersuchung, die das Ergebnis allerdings auch bestätigte.

Die Operation, bei der beide Brüste entfernt wurden, fand im Januar statt. Im Anschluss musste Brigitte eine Reihe von Chemotherapien über sich ergehen lassen. Dann folgte ein vierwöchiger Aufenthalt in einer Reha-Klinik. In den folgenden Monaten erholte sie sich weiter. Im Frühling machte sie sich wieder an die Arbeit in ihrem Laden, den ihre treuen Kolleginnen am Leben erhalten hatten. Die Zuversicht, die sich allmählich bei uns einstellte, wurde auch von der Ärztin geteilt:

„Es sieht ganz gut aus, Frau Reimann", sagte sie ihr.

Es sah nicht nur gut aus, sondern es wurde auch wieder gut. Brigitte gewann ihre Kräfte, ihren Tatendrang und ihre Fröhlichkeit zurück. Wir gingen viel aus, besuchten Claudia und flogen nach Berlin, um ihre Eltern zu besuchen und dabei festzustellen, dass ihre Mutter nicht mehr so gesund aussah, wie wir sie in Erinnerung gehabt hatten.

Diese „grausame Krankheit" hatte Brigitte also doch nicht niedergeworfen, hatte sie zwar einen kleinen Teil ihres Körpers gekostet, sie aber nicht wirklich bezwingen können. Die regelmäßigen Untersuchungen bestätigten das.

„Es ist wie ein Wunder", flüsterte sie eines Nachts kurz vor dem Einschlafen. „Und dabei weiß ich, dass es Wunder eigentlich nicht gibt."

„Wie ein Wunder heißt ja auch nicht, dass es tatsächlich eins ist", brummte ich, da ich schon erste Traumbilder gesehen hatte.

„Vielleicht ist es aber eine Täuschung, der wir erliegen."

„Deine Werte sind in Ordnung. Messinstrumente können nicht getäuscht werden."

„Ja, ich weiß. Aber die Zeit kann uns täuschen."

Leider hatte sie recht, denn die Zeit täuschte uns.

Fünf Jahre lang war die Zeit, während der wir uns – abgesehen von diesen Zweifelsmomenten, die Brigitte immer wieder überfielen – der Illusion einer vollständigen Heilung hingaben, die von den regelmäßig guten Untersuchungsergebnissen genährt wurde. In dieser Zeit heiratete Claudia, starb Mama Grotzinger, verkaufte Brigitte den Buchladen und erfolgte unser Umzug nach München, wo mir die Ludwig-Maximilian-Universität eine ebenso interessante wie lukrative Professur anbot. Dann aber offenbarte die Krankheit ihre berüchtigte Heimtücke, denn sie hatte sich nur versteckt und heimlich weitergelebt, im Verborgenen ihr Zerstörungswerk fortgesetzt, das dann schließlich nicht länger verborgen bleiben konnte. Es wurde festgestellt, dass Metastasen in ihren Lungen, in ihren Knochen und in einigen anderen Organen waren und dass man dagegen eigentlich gar nichts mehr machen könne. Kurz: Die Chance auf eine abermalige Heilung sei ganz und gar und überhaupt nicht mehr vorhanden.

Die ihr noch verbleibende Lebenszeit konnte ihr niemand sagen. Wenige Wochen später wusste man es jedoch besser: Es waren noch ungefähr neun Monate.

Diesmal trug sie es mit großer, überraschender Gefasstheit. Sie hatte sich in der Tat der Illusion bei weitem nicht so ergeben gehabt wie ich. Sie hatte nicht nur gelegentlich, sondern fast immer damit gerechnet, dass es doch wieder losgehen könne. Und darum war sie vorbereitet.

„Es mag seltsam klingen, Helmut, aber ich bin froh, dass es nun so und nicht umgekehrt ist. Ich konnte nie die Vorstellung ertragen, dass du einmal vor mir sterben würdest. Nein, das wäre schlimmer als der Tod gewesen. So ertrage ich es besser, es fällt mir leichter."

„Du bösartiges Frauenzimmer, du", versuchte ich auf miserable Weise, meine Niedergeschlagenheit zu verkleiden. „Pass auf, ich kann jetzt auf die Straße gehen und mich überfahren lassen, dann hast du nämlich Pech gehabt."

„Das würdest du nicht tun", sagte sie und lächelte mich an. „Dazu bist du zu feige. Und es wäre mir gegenüber auch deshalb unfreundlich, weil ich dich bei mir haben will."

Es war furchtbar, denn sie war so ruhig, so ungemein liebevoll und liebenswert, während in mir die Hilflosigkeit Karussell fuhr und mir die Tränen nur so aus den Augen schießen wollten. Doch sie lag im Sterben und hielt es aus, und darum musste ich nun alle Kräfte anspannen, um nicht kläglich vor ihr zusammenzubrechen. Es war furchtbar.

Als sie merkte, dass es nicht mehr lange dauern würde, kam sie doch noch einmal auf jene zwei Themen zurück, die lange Zeit unsere Tabuthemen gewesen waren.

„Die Studentin, mit der ich dich damals erwischt habe – hast du sie geliebt?"

„Natürlich nicht."

„Du schwindelst mich an", erkannte sie, „weil du mich schonen willst. Aber jetzt ist der Moment, in dem du ehrlich sein sollst."

„Ja, es stimmt, ich habe sie geliebt. Und ich war verrückt nach ihr. Ich gebe alles zu."

„Dann ist es gut. Denn es wäre schade gewesen, wenn du sie nicht geliebt hättest. Sie war nicht nur eine süße, kleine Schottin, sondern auch eine sehr nette und kluge Frau."

Ich war vorübergehend sprachlos. Was bedeutete das?

„Sie war damals öfters bei mir, um nach Büchern zu schauen", kam postwendend die Erklärung. „Sie suchte unter anderem nach Sekundärliteratur zu Schiller, und sie erzählte mir dabei, dass sie ein Schiller-Seminar besuchen würde, das sehr gut sei, mit einem sehr guten Seminarleiter, vor dem sie sich auf keinen Fall blamieren dürfe. Ich wusste sofort Bescheid. Wir unterhielten uns aber auch über anderes, über ihre Heimat zum Beispiel..."

Das Sprechen strengte sie an. Sie machte eine Pause und erzählte dann weiter.

„Als ich euch dann sah und hörte, erkannte ich sie sofort wieder. Ich war von ihr nicht weniger enttäuscht als von dir, da ich plötzlich erkennen musste, dass sie auch ein ziemliches Schweinchen war. Trotzdem – wegen ihr habe ich dir dann doch verziehen, weil du mit ihr deinen guten Geschmack gezeigt hattest. Sie war letztendlich ja doch kein billiges Flittchen, ganz bestimmt nicht."

Brigitte wuchs vor mir zu ungeheurer Größe an. Ihre Allwissenheit und ihre Güte wollten mich fast zerquetschen. Sie hatte Courtney also gekannt! Und sie hatte mir gegenüber nie auch nur die kleinste Andeutung darauf gemacht.

„Und dann ist da noch was."

Es ging also weiter!

Sie atmete einige Male so tief durch, wie es ihr möglich war, und sagte dann:

„Ich glaube übrigens nicht mehr an Gott."

Wieder war ich unfähig, etwas sogleich dazu zu sagen.

„Das hat jetzt nichts mit der Krankheit zu tun. Nein, ich habe gemerkt, dass wir ihn nicht brauchen, nicht, um zu lieben, und auch nicht, um zu leben. Wir kommen gut ohne ihn aus. Er ist unwichtig. Und das wollte ich dir unbedingt noch sagen, denn so werden wir in jeder Hinsicht vereint und übereinstimmend auseinandergehen können, wie es sich für gute Eheleute gehört, mein Lieber."

Auf ihrem Grabstein, der nun in bläulichem Glanz über ihrem Grab auf dem Perlacher Friedhof aufragt, sollte unbedingt das eine Shakespeare-Sonett zu lesen sein, über das wir ab und zu gesprochen hatten und das nach der Hochzeit in Nepomuks Buchladen an die Wand hinter der Kasse gehängt worden war. Natürlich aber in deutscher Übersetzung, außerdem ohne die zwei letzten Verse, die ihr für diesen Zweck nicht passend erschienen. Nur ihr Name und das Sonett darunter, nichts weiter – auch kein Kreuz.

Selbstverständlich war mir ihr Wunsch Befehl. Und obwohl der Steinmetz nahezu verzweifelte, da es ein so langer Text war und er ihn sehr fein meißeln musste, gab ich nicht nach.

Heiß mich nicht sagen: treuer Herzen Bund

Gibt Hindernissen Raum: Lieb ist nicht Liebe,

Die wechseln würd mit wechselvoller Stund

Und dem Vertreiber weicht, der sie vertriebe.

O nein, sie bleibt die ewig feste Mark,

Blickt in den Sturm, bleibt selber ungeschüttelt,

Der Leitstern jeder seebefahrnen Bark,

Sein Ort bestimmt, sein Wesen unermittelt.

Kein Narr der Zeit: ob Rosen-Lipp und Wang

In den Bereich des Sichelschwunges fällt,

Lieb wechselt nicht mit Tag- und Mondengang,

Sie bleibt und dauert bis ans Ziel der Welt.

Jetzt stehe ich wieder einmal vor dem Grabstein.

Und neben mir steht Susanne.

Und diesmal bin nicht ich es, dem die Tränen über die Wangen fließen, sondern es ist sie, die junge Frau, die wieder bei mir ist.

„Es ist so traurig… und… es ist so großartig", schluchzt sie, während ich sie fest in meinem Arm halte. Traurig und großartig – ja, zwei Adjektive, die eigentlich nicht zusammenpassen. Manchmal tun sie es dann aber doch.

Sie hat Olaf so verlassen, wie man jemanden verlässt, den man nicht liebt. Er hat es akzeptieren müssen und wohl auch akzeptiert. Dass sie ihn wegen mir verlassen hat, weiß er nicht. Und wenn er es je erfährt, wird er längst ein anderes tolles Mädel an seiner Seite haben, so dass sich sein Schmerz in Grenzen halten wird. Meine Mutter wird das alles gut verstehen, und wahrscheinlich wartet sie schon darauf, es zu erfahren.

„Ja, das ist es", sage ich.

Susanne ist 29 Jahre alt. Sie ist also genauso alt, wie Brigitte es war, als ich sie kennenlernte. Aber das ist natürlich Zufall... doch andererseits – man weiß ja nie. Ach was! Nein, es ist ganz einfach:

Es ist eine Sache von Glück.

FSC
www.fsc.org
MIX
Papier | Fördert
gute Waldnutzung
FSC® C083411

Zeitfracht Medien GmbH
Ferdinand-Jühlke-Straße 7
99095 Erfurt, Deutschland
produktsicherheit@kolibri360.de